U0115985

地域文化研究叢書・嶺南文化叢刊

黃遵憲與嶺南近代文學叢論

中冊

左鵬軍　著

目次

下冊

中輯

文學蠡測

是「我手寫我口」，還是「我手寫吾口」

近代著名詩人黃遵憲的詩歌創作和詩歌主張，自受到梁啟超、胡適等的高度評價以來，一向為文學史家所重視，尤其它年輕時所作五言古詩《雜感》中「我手寫我口，古豈能拘牽」[1]等詩句，更是不斷為人們所摘引。不論是在學術論著中，還是在一般普及性文章裏，大家在引用這兩句詩的時候，都存在一個小小的分歧，就是：有的寫作「我手寫我口」，有的寫作「我手寫吾口」，還有學者特別強調指出前者不確而後者可信。在中國近代文學課堂教學中，也有細心的學生提出過二者究竟哪一個正確的疑問。

「我手寫我口」與「我手寫吾口」雖僅一字之差，使用其中任何一個，於詩意並無大礙，也不會影響對黃遵憲思想觀念的正確理解。但是為了引用原文的準確無誤，更為了弄清楚黃遵憲這句詩的真正面貌，有必要進行一番辨析。

據筆者查考，不管是「我手寫我口」還是「我手寫吾口」，兩種說法均有其根據。先說「我手寫吾口」。筆者所見此一說法的最早出處是錢萼孫（字仲聯）《人境廬詩草箋注》初版本。該書卷一《雜感》詩此二句作：「我手寫吾口，古豈能拘牽。」[2]同書所載錢仲聯撰《黃公度先生年譜》，於同治七年（1868）條下記曰：「先生作《雜

1 黃遵憲：《雜感》，《人境廬詩草》卷一（北京市：商務印書館，1931年），頁6。

2 錢萼孫：《人境廬詩草箋注》（北京市：商務印書館，1936年），頁9。

感》詩有云：『我手寫吾口，古豈能拘牽。即今流俗語，我若登簡編，五千年後人，驚為古爛斑。』」[3]錢仲聯為黃遵憲研究名家，《人境廬詩草箋注》之精審詳贍可謂前無古人，後鮮來者。錢鍾書亦評之曰：「錢君仲聯箋注《人境廬詩》，精博可追馮氏父子之注玉溪、東坡。」[4]但是，此處「我手寫吾口」之說，卻未知何據。錢仲聯嘗回憶說：「《人境廬詩草箋注》的工作始於1931年，當時國內很難覓到黃遵憲詩集，我托書店以高價物色到梁啟超於辛亥年（1911）在日本初印的善本，便開始了箋注工作。」[5]據此，錢仲聯箋注工作係根據《人境廬詩草》的初刊本，然而「我手寫吾口」的說法與該書並不一致。

其後，古典文學出版社1957年9月出版的《人境廬詩草箋注》修訂本繼續沿用了這一說法，有關字句與前一版本完全相同。至上海古籍出版社1981年6月出版《人境廬詩草箋注》的第二次修訂本時，錢仲聯已將前兩種版本的「我手寫吾口」改為「我手寫我口」，但未作關於這一改動的任何說明。同書附錄的錢仲聯所撰《黃公度先生年譜》中，於同治七年（1868）條下所記與前引年譜該條所記文字完全相同。很明顯，此書箋注正文與附錄年譜兩處，關於《雜感》這兩句詩的處理不一致，蓋係詩歌箋注正文中已改動，而年譜引文中未及統一之故。1999年，《人境廬詩草》被列入「百年百種優秀中國文學圖書」，2000年7月中國青年出版社出版了此書，採用的仍是錢仲聯的箋注本，是為此書的第三次修訂本。此書中關於「我手寫我口」的處理，與上引1981年上海古籍出版社版本完全相同。但據筆者理解，錢仲聯的用意是明顯的，即主張將這一句詩當由原來的「我手寫吾口」

3 錢萼孫：《人境廬詩草箋注》之《黃公度先生年譜》（北京市：商務印書館，1936年），頁4。標點為筆者所加。據原詩，「爛斑」誤，當作「斕斑」。

4 錢鍾書：《談藝錄》（補訂本）（北京市：中華書局，1984年），頁347。

5 錢仲聯著，周秦整理：《錢仲聯學述》，（杭州市：浙江人民出版社，1999年），頁62。

改為「我手寫我口」。

此外，錢仲聯主編、上海書店1991年4月出版的《中國近代文學大系・詩詞集》和錢仲聯編著、江蘇古籍出版社1993年3月出版的《近代詩鈔》，均選錄《雜感》詩，此句詩兩書均作「我手寫我口」。據筆者體會，這兩種後出之書更能代表錢仲聯的最後觀點，認識錢仲聯對於此詩的處理，自當以後兩種版本為準。

再來看「我手寫我口」一說的來歷。黃遵憲詩集《人境廬詩草》最早、最重要的幾種版本，《雜感》詩中此句均作「我手寫我口」，這是此句詩準確寫法的最權威、最重要的根據。這些版本是：其一，周作人偶然在北京舊書攤上購得並收藏、後歸北京大學圖書館的《人境廬詩草》四卷鈔本，這也是黃遵憲詩集之最為珍貴、最能體現人境廬詩創作原貌及修改情況的一個本子。其二，宣統三年（1911）刊行於日本的《人境廬詩草》十一卷本，線裝四冊，這是黃遵憲詩集的第一個刊印本，由黃遵憲之弟遵庚初校、梁啟超復校，當時僅刊印千部，今天已不易得到。其三，商務印書館民國二十年三月（1931年3月）出版的黃遵憲長孫能立校印本，線裝二冊，同為十一卷，此本是在日本初刊本之基礎上重新校印的，是今天較為常見的黃遵憲詩集刊本，影響也較大。可見，《人境廬詩草》早期的幾種重要刊本，《雜感》詩中這一句無一例外地均作「我手寫我口」。

此外，近代傑出詩人、詩論家陳衍編，商務印書館民國十二年十一月（1923年11月）初版的《近代詩鈔》中，收錄黃遵憲《雜感》一詩，此句也作「我手寫我口」，這也可作為一個旁證，再次說明上述幾種《人境廬詩草》重要刊本提供的情況可信無疑。

從以上情況看，可以認為：「我手寫我口」與「我手寫吾口」兩種說法，雖似各有依據，但是完全可以肯定，前者根據充足有力，是準確無誤的；後者未見有人提出根據，當然無法可信。而且，最早持此說者錢仲聯到後來已經改變了看法，雖未說明改變理由，但已可證明此說有誤。因此，今後凡再引用這句詩，當統一使用正確的「我手寫我口」，而不當再沿用不準確的「我手寫吾口」了。

黃遵憲研究述評

自20世紀初以來，黃遵憲研究一直受到中國近代文學、史學研究者的重視。20世紀二三十年代和五六十年代，均出現過黃遵憲研究較為興盛的時期。1978年以來，由於中國人文學術的復興，許多領域都出現了新氣象和新變化，黃遵憲研究領域也出現了前所未有的新局面、新態勢，不論從論文與著作的數量和品質來看，還是從研究的深度與廣度來看，均比以前有顯著的發展。茲主要概括介紹評述1978年至1989年間黃遵憲文學研究的情況，亦適當涉及文獻整理、生平思想及其它方面。

一　本集、資料與論著

黃遵憲的詩，今存者已全部整理出版。1981年6月，上海古籍出版社出版了錢仲聯的《人境廬詩草箋注》。此書1936年11月、1957年9月分別出版過，此次新版，則作了較大幅度的修改，增加了不少新材料。本書還收入《日本雜事詩》作為附錄，成黃詩全璧。附錄還有錢仲聯撰寫的《黃公度先生年譜》、諸家《詩話》等。前者勾畫出黃氏一生活動的基本情況，頗為詳細精當；後者輯入同時及後人對黃氏的評論，材料豐富。此書為目前最完善的黃氏詩集。1981年10月，湖南人民出版社出版了鍾叔河輯注的《日本雜事詩廣注》，將《日本雜事詩》初刊本一百五十四首與定本二百首相對照，並取《日本國志》中的有關內容和《人境廬詩草》中的有關詩篇與《日本雜事詩》相參證。此書為鍾叔河主編的「走向世界叢書」之一種，1985年3月又由嶽麓書社出版了修訂合訂本，將《日本日記・甲午以前日本遊記五種・扶桑遊記・日本雜事詩廣注》合為一巨冊，是目前《日本雜事詩》的最好注本。上述著作，加上1960年12月中華書局出版的北京大學中文系近代詩研究小組輯校的《人境廬集外詩輯》，則可以看到黃詩的全貌。1985年4月，廣東人民出版社出版了鍾賢培、管林等編選的《黃遵憲詩選》，選詩二百五十餘篇，並有附錄多種，這是中華人民共和國成立以來出版的第二部人境廬詩選集。[1]

1978年以來，關於黃遵憲的其它文獻也陸續發表與介紹，為全面深入地研究黃氏提供了寶貴的第一手資料。1978年8月24日《人民日報》發表汪向榮的《黃遵憲的日本雜事詩稿冢》，介紹了存於日本埼玉縣野火止平林寺中的「日本雜事詩最初稿冢」，第一次向國內介紹了《黃遵憲與日本友人筆談遺稿》的有關情況。實際上，鄭子瑜、實藤惠秀編校的《黃遵憲與日本友人筆談遺稿》早在1968年9月即已由日本早稻田大學東洋文學研究會出版，但是由於當時的中國處於極度動盪之中，人文學術早已遭到極大破壞，此書直到1978年以後才逐漸引起中國大陸研究者的重視。該書至今在中國大陸沒有出版，因而流傳不廣。1981年3月和6月，書目文獻出版社出版的《文獻》雜誌第七輯和第八輯發表了錢仲聯整理的《人境廬雜文鈔》（上）（下），這是黃遵憲文章的首次大規模發表，為研究者提供了重要的新材料。1982年10月，《中國哲學》第八輯發表北京圖書館善本組整理的《黃遵憲致梁啟超書》，雖有校點舛誤之弊，但畢竟公佈了這批以往難得一見的珍貴材料。

1982年，廣東語文學會近代文學研究會、黃遵憲故居人境廬管理

1 第一部為楊廷福選注的《黃遵憲詩選》，（北京市：古典文學出版社，1958年）。

委員會編印、內部出版的《黃遵憲研究》發表黃氏《致楊徽五、黃簣孫書》、《黃遵憲上鄭欽使稟文手稿》，後者後來又正式發表於1984年出版的《近代史資料》第五十五期。汪松濤的《關於黃遵憲上鄭玉軒稟文》[2]介紹了1980年4月華南師範學院（今華南師範大學）中文系近代文學研究室發現這批稟文的經過及有關情況。《華東師範大學學報》1984年第4期發表丁槐昌、丁紅整理標點的黃遵憲《致王韜（紫銓）信九通》。1985年12月，中國社會科學出版社出版的《近代文學史料》第一輯發表黃氏致節庵（梁鼎芬）和衍若的《黃遵憲書信四通》。1986年10月上海古籍出版社出版的《明清文學研究資料集》第一輯發表《黃公度佚文兩篇》。此外，周孝懷撰寫的回憶錄《黃公度臬臺》，也由汪松濤校注，發表於1985年9月廣東人民出版社出版的《中國近代文學研究》第二輯。以上均為此期新發現或發表的黃遵憲著述，為研究工作提供了較為豐富的新材料，具有重要的文獻價值。

還應一提的是，《光明日報》1981年1月14日發表劉慶英文《黃遵憲未發表的詩》，介紹了所謂黃氏「未發表的詩」。此文刊出不久，該報2月11日又發表趙慎修的文章《對〈黃遵憲未發表的詩〉一文的意見》，根據事實，指出劉慶英文章中提及的黃遵憲詩其實均已發表過了，指出「並未提供黃遵憲的未刊詩，卻製造了混亂」[3]。非常明顯，劉慶英的文章提出的見解和材料均難以成立。此事雖並未引起大的影響，但是引發的思考和注意卻應當是重要的。學術研究中以舊材料充新發現、強不知以為知的做法，不能不引起研究者的儆戒。

十餘年來，關於黃遵憲的論著和論文也比以往可觀。1979年8月，上海人民出版社出版楊天石著《黃遵憲》一書；1982年，廣東語

---

2 《中國近代文學評林》第一輯，（鄭州市：中州古籍出版社，1984年）。

3 《光明日報》1981年2月11日。

文研究會近代文學研究會、黃遵憲故居人境廬管理委員會編輯印行論文集《黃遵憲研究》；1987年7月，三聯書店香港分店出版李小松選注的《黃遵憲詩選》；1987年10月，江蘇古籍出版社出版盛邦和著《黃遵憲史學研究》；1988年6月，生活・讀書・新知三聯書店出版鄭海麟著《黃遵憲與近代中國》；1989年11月，上海古籍出版社出版徐永端著《黃遵憲》。還應當一提的是，1972年香港中文大學出版社出版了吳天任著《黃公度先生傳稿》，此書雖出版較早，但也是到了1978年以後才有可能對中國大陸學術界產生影響的。

1978年以來發表的關於黃遵憲的文章（包括學術論文、一般的知識性介紹文章等）近百篇，數量之多，品質之高都是前所未有的，而且涉及的領域也越來越廣。研究者試圖從不同角度、不同側面認識這位著名的近代詩人。1982年3月5日至9日，黃遵憲故居人境廬修復落成，吸引了不少海內外專家學者。同時，在黃氏故居廣東梅縣人境廬召開了黃遵憲研究學術討論會，與會者有來自全國十一個省（市、區）的代表，收到論文三十餘篇，上文提及的《黃遵憲研究》一書就是在這些論文的基礎上編輯而成的。這次會議也是新中國成立以來召開的第一次黃遵憲研究學術討論會，產生了重要的學術影響。

二　生平與思想

黃遵憲的生平事蹟與活動交遊等情況，經過幾代學者的研究，已基本清楚，但仍存在一些尚待認真考證的細節性問題。十餘年來，對黃遵憲生平事蹟的研究除錢仲聯《黃公度先生年譜》外，文章為數不多。管林《〈黃公度先生年譜〉質疑》根據較豐富的史料，對錢撰年譜的某些問題提出質疑，補正了錢著的一些誤漏。[4]20世紀五六十年

4　《學術研究》1982年第2期。

代以來出版的文學史及其它有關著作中，對黃遵憲何時中舉、何時赴日本任外交官的年限等均存在著不同的說法。趙慎修《黃遵憲行年辨》對這些混亂說法逐一考證，澄清了如下事實：(1) 黃遵憲的中舉時間應在光緒二年（1876）；(2) 黃遵憲於光緒三年（1877）下半年赴日本；(3) 黃遵憲在國外任外交官的時間前後共跨十四個年頭，其間嘗數度回國，掐頭去尾，他在國外任外交官共有十二年的時間。[5]

1978年以來，由於新材料的發現與發表，也由於學術風氣的恢復與好轉，伴隨著思想解放和實踐是檢驗真理的惟一標準等影響廣泛的討論，論述黃遵憲一生思想轉變與思想發展的文章也較多，主要討論的是如下幾方面的問題。

第一，關於黃遵憲對太平天國起義及其它農民起義的態度。大多數論者都認為，黃遵憲早年對太平天國起義是敵視、反對的，晚年對義和團起義也持反對態度。劉明浩提出了不同見解，認為黃氏早年也並非完全反對太平天國，「如果說黃遵憲有著支持農民起義，擁護農民政權的思想，也並非完全不可能，儘管從總體上講，這種思想可能只是短暫存在，或並非主流，但是，我們無法否認它曾經存在的事實」。[6]從該文提出的證據和論述過程來看，作者雖提出了與眾不同的新觀點，但如何找到真正有說服力的可靠證據，如何正確理解材料並由此生發出有學術價值的觀點，卻是這篇文章沒有解決好的問題。此文提出的所謂新見解多係擬想猜測之詞，基本上不能成立。

第二，關於黃遵憲政治思想的轉變過程與原因。許多學者都認為黃遵憲的思想經歷了由地主階級改革派向資產階級維新派轉變的過程。但黃遵憲改良主義思想形成於何時？促使他完成這個重要轉變的

---

5 《北京大學學報》1979年第3期。

6 劉明浩：《近代詩人黃遵憲二題》，《蘇州大學學報》1987年第3期，頁73。

動因是什麼？在這些問題上學術界存在著分歧。以往論者多以光緒五年（1879）黃遵憲出使日本期間與王韜的交好為契機，又以光緒五年至六年（1879至1880）間黃氏致王韜手劄為論證的根據。張海元《黃遵憲改良主義思想的形成及時限質疑》對此提出疑問，認為黃氏與王韜結交前的觀點還是典型的洋務派觀點，指出：「黃遵憲改良主義思想的確立，是在寫作《日本國志》前後，而不是在日本與王韜結交之時」；而促成他發生轉變的原因，「首先在於他有憂國憂民、濟世補偏的思想基礎，其次是他在多年的外交生涯中，廣泛接觸了西方的新思想、新事物、新知識；更重要的，作為其思想轉變契機的，卻是盧梭、孟德斯鳩的資產階級學說。雖然盧、孟的學說未能使他直接變成一個改良主義者，然而卻使他頭腦中的傳統政治觀念受到最有力的衝擊」；王韜、鄭觀應等早期改良主義者對黃遵憲的影響雖均不可排除，但不是主要的動因。[7]

李明《黃遵憲思想淺論》一文也認為，由少年成長為青年，黃遵憲對於國家必須變法的要求也就更加強烈了；《日本國志》提出了具體的維新方案，而光緒二十三年（1897）入湖南任長寶鹽法道兼署湖南按察使期間，則得到了一次實施他的理想方案的機會；黃遵憲所提倡和推行的，都貫串著如下兩個方面的內容：一是要求封建統治者開放政權，讓紳商也能參政，二是學習西方資本主義國家的一些民主精神。[8]鍾賢培《黃遵憲簡論》也指出：「黃遵憲的變法思想是從對科舉制度的懷疑、批判開始的」；「黃遵憲出使日本，這是他的思想向資產階級改良派轉變的重要時期」；「黃遵憲是康梁改良派中的佼佼者，是改良派中的務實派」。[9]盛豐《從〈人境廬詩草〉看黃遵憲歷史變易觀

7 《中山大學學報》1987年第3期，頁105。

8 《暨南學報》1982年第2期。

9 《中國近代文學評林》第一輯（鄭州市：中州古籍出版社，1984年），頁116-118。

的產生與發展》特別注意光緒十六年庚寅、光緒十七年辛卯（1890、1891）之交在黃氏一生思想發展中的意義，指出：「一八九〇年前後，成為黃遵憲一生思想的轉捩點」，「如果說，一八九〇年前，黃遵憲還在地主階級改革派與改良派之間搖擺不定，那麼從這之後，則明確成為一個思想成熟的資產階級改良派」。[10]

第三，關於黃遵憲晚年政治思想是否發生轉變、是否繼續進步的問題。黃遵憲的晚年思想和政治理想，對某些歷史事件與歷史人物的認識與評價，是學者們特別注意的又一個問題。有文章指出，根據黃遵憲晚年致梁啟超的信中對曾國藩的評價，說明黃遵憲走向了人民的立場，他對太平天國的態度由仇視轉變為同情。夏衍在《從〈忠臣藏〉想起黃遵憲》中即曾說過，黃遵憲「論到曾國藩時，他與曾截然相反，同情太平軍」[11]。黃海章《黃遵憲的詩歌理論及創作實踐》則指出：「他對農民革命，是根本反對的，所以咒罵太平軍為『賊』。」黃遵憲後來評價曾國藩時雖不再說太平天國為「賊」，「但還不脫『赤子潢池盜弄兵』的思想，並非贊同他革命的行動。他對義和團反帝反侵略的性質也是毫無認識的」。[12]

關於黃遵憲晚年政治思想發展的程度問題，近年又有了較多的討論，分歧也不小。鄭海麟《黃遵憲晚年的思想及其影響——〈黃遵憲致梁啟超書〉讀後》認為：「黃遵憲晚年設想的是一種建立在聯邦式地方自治基礎上的君主立憲制度」；「黃遵憲的思想發展到生命的最後時刻，明顯地具有同情排滿革命，追慕民主共和的傾向」；「遺憾的是，黃遵憲還未完成由君憲向共和，改良到革命的思想轉變，便於

10 《歷史教學問題》1986年第1期，頁25。

11 《世界知識》1979年第4期，頁8。

12 《學術研究》1978年第3期，頁73。

1905年2月23日終結了他的生命」。[13]汪松濤《從給梁啟超的信看黃遵憲的晚年思想》在著重分析了黃遵憲晚年可貴的新的思想因素之後指出：「他對於資產階級的民主革命，一直是顧慮重重，憂心忡忡，而始終未能跳出改良主義的窠臼。但是，由於至死不渝的強烈的愛國主義、人道主義和獻身精神一直是他晚年思想中的基本支柱，這就使他終於能不走到反動的營壘中去。而且由於他思想的內涵中存在這些與資產階級革命民主主義相通的因素，加上他多年從事外交工作的廣泛閱歷，如果天假以年的話，在革命潮流的裹挾之下，他完全具備一個改良主義者進到堅定的資產階級民主主義者的可能性，他晚年思想上出現的許多新的萌芽就是一種明顯的徵兆。」[14]鍾賢培《黃遵憲簡論》指出：「黃遵憲的改良思想，具有鮮明的反帝愛國的性質，這在維新變法失敗之前，對啟蒙人們的思想，衝破封建主義思想束縛，無疑是有積極意義的，維新變法失敗後，他也看到了資產階級民主共和必將代替封建專制制度，說：『加富爾變而為瑪志尼，吾亦不敢知也。』但必須指出，維新變法失敗後，時代已經提出了徹底推翻清朝賣國政府的任務了，黃遵憲卻未能跟上時代的潮流，繼續前進，而是與康梁一道，固守『君主立憲』的藩籬，提出『避革命之名，行革命之實』的主張，堅持與清政府『調和融合』的保皇道路，這是應予批判的。」[15]黃海章《黃遵憲的詩歌理論及創作實踐》認為：「公度雖然具有反帝反侵略的精神，然而他的政治主張，始終跳不出資產階級改良主義的範疇」，「他雖然認識到將來的世界，必趨於大同，然而他理想當中的大同，也不過是資產階級的民主政治制度，並非無產階級所

13 《近代史研究》1987年第5期，頁71-76。引者按：此處所述時間有誤。黃遵憲之逝世，時在光緒三十一年二月二十三日，即1905年3月28日。

14 《學術研究》1983年第1期，頁124。

15 《中國近代文學評林》第一輯，（鄭州市：中州古籍出版社，1984年），頁121。

要達到的無壓迫、無剝削的大同社會」。[16]

張永芳《略論黃遵憲的「大同」理想》認為：黃遵憲嚮往君主立憲，實際上是「尊王攘夷」思想的自然發展，說明他雖然接受了資產階級民主思想的洗禮，封建思想的積垢實難於清除；與其說黃遵憲嚮往立憲，毋寧說他崇仰共和，他從未以立憲為最高理想，只是把它作為權宜之計而已，「萬法從新要大同」才是他的理想目標；黃遵憲主張立憲，但並不是頑固的保皇黨；在晚年，他的思想實有很大變化，日趨進步。黃氏的「大同」理想要比立憲高遠得多，但他的認識尚很模糊，何由而臻致「大同」，他更是一片茫然；黃遵憲不但找不到通往「大同」的道路，連實現「立憲」的途徑也不清楚；這不僅僅是黃遵憲個人的悲劇，而且也是一個時代的悲劇。[17]

任訪秋在《黃遵憲》一文中對黃氏的思想則做出了另外一種評價：黃遵憲任外交官的經歷，使他「在一定程度上，受到資產階級民主思想影響」，「不過他對西方學術的淵源，並不真正瞭解，他曾用中國先秦諸子的思想與之相比附，真可謂極牽強附會之能事」，「一則說明他對西方文明的淵源，是茫然無知，竟認為是來源於中國的墨子。其次，他又用中國儒家的一套，來批判西方的民主思想，說明他的觀點基本上是洋務派的『中體西用』的看法」；戊戌政變後，黃遵憲「絲毫沒有接受戊戌失敗的慘痛教訓，對當時最高的封建統治者，仍舊抱著可與圖治的不切實際的幻想。其所以如此，還是他的地主、資產階級的階級意識在作怪」；光緒二十六年（1900）以後，「黃遵憲認識不清歷史的動向與發展的前途，仍然抱著自己的舊觀點，反對革命，這就使他走向人民的對立面，由進步而轉為反動了。近來有人為

---

16 《學術研究》1978年第3期，頁73。

17 《社會科學輯刊》1987年第5期。

他晚年的政治觀點辯護，說他後來有排滿的傾向，所持論據多係個人的推測，是完全不符合黃當時的思想實際的」[18]。

三　文學思想及其與「詩界革命」之關係

黃遵憲的文學思想及其與「詩界革命」的關係，一直以來是黃遵憲研究者關注的問題之一。1978年以來，討論黃遵憲文學思想的文章仍然較多。黃遵憲的文學思想在詩歌方面表現得最為集中、最為充分，因此許多文章集中討論黃氏的詩學主張及其與「詩界革命」的關係，以及黃遵憲在「詩界革命」中的地位與作用。

許多學者指出，黃遵憲一生所追求的並不是要做一個詩人，但由於種種因素的限制，他始終沒有能實現自年輕時就已立下的安邦定國的夙願。鍾賢培《黃遵憲簡論》中說：「『窮途竟何世，餘事作詩人。』黃遵憲一生，『不屑以詩人自居』。然而，詩，正是他一生的成就最大的方面。」[19]鍾賢培在《愛國詩人黃遵憲二三事》中亦指出：「黃遵憲走向社會後，卻『不屑以詩人自居』，致力於外交和政治。」[20]盛豐《從〈人境廬詩草〉看黃遵憲歷史變易觀的產生與發展》中說：「黃遵憲首先是社會改革家，史學家，然後才是詩人。他的詩，堪稱『詩史』。」[21]夏衍在《從〈忠臣藏〉想起黃遵憲》中也對黃遵憲予以高度評價，指出：「他的詩歌是直接為他的政治主張服務的，並在一定程度上突破了舊體詩的形式」；「他的成就絕不局限於詩詞方面。他還是一位有遠見的政治家、新聞記者和頗有建樹的外交

18 任訪秋：《中國近代文學作家論》（鄭州市：河南人民出版社，1984年），頁44-46。

19 《中國近代文學評林》第一輯（鄭州市：中州古籍出版社，1984年），頁121。

20 《語文月刊》1982年第1期，頁15。

21 《歷史教學問題》1986年第1期，頁23。

官」。[22]鍾叔河《黃遵憲及其日本研究》一文也認為：「黃遵憲首先是一個維新活動家，一個啟蒙主義者，一個愛國的政治人物，然後才是一個詩人；他的詩，也主要是政治的詩。」[23]

黃遵憲早年詩歌《雜感》中有云：「我手寫我口，古豈能拘牽。」[24]這一觀點引起了自梁啟超、胡適、周作人以來的許多研究者的重視，但對它的認識與評價則存在分歧。20世紀50年代，王瑤在《晚清詩人黃遵憲》中認為「我手寫我口」是黃氏以創作實踐堅持了四十年的一貫主張。錢仲聯早年即指出「先生《雜感》詩所謂『我手寫我口』者，實不過少年興到之語，時流論先生詩，喜標舉此語，以為一生宗旨所在，所見淺矣」。[25]後來又嘗重申這一觀點道：「公度《雜感》詩云：『我手寫吾口，古豈能拘牽。即今流俗語，吾若登簡編。五千年後人，驚為古斕斑。』此公度二十餘歲時所作，非定論也。今人每喜揭此語，以厚誣公度。公度詩正以使事用典擅長。」[26]這一問題又引起了新的討論。管林《黃遵憲與民間文學》一文指出：黃遵憲「我手寫我口」的「進步的文學主張，雖然在他後來的創作中，並未得到徹底的貫徹，但是，他重視民歌和注意詩歌的通俗化，

22 《世界知識》1979年第4期，頁7。

23 鍾叔河：《走向世界——近代中國知識分子考察西方的歷史》（北京市：中華書局，1985年），頁390。

24 筆者按：「我手寫我口」或作「我手寫吾口」，據筆者考察，當以前者為是，後者根據不足。可參考本書《是「我手寫我口」，還是「我手寫吾口」》部分的討論，此不贅述。

25 黃遵憲：《發凡》，《人境廬詩草箋注》卷首（北京市：商務印書館，1936年），頁2。

26 錢仲聯：《夢苕庵詩話》（濟南市：齊魯書社，1986年），頁8。引者按：據《人境廬詩草》宣統三年日本初刊本和民國二十年（1931）商務印書館再版本，「我手寫吾口」當作「我手寫我口」，「吾若登簡編」當作「我若登簡編」；此句後亦以用逗號為妥。

卻是始終如一的」，「過去有人認為黃遵憲的『我手寫我口』實不過少年興到之語，非一生宗旨所在，並不符合黃的實際」。[27]黃海章《黃遵憲的詩歌理論及創作實踐》認為，黃遵憲少年所作《雜感》，「這是他對詩壇改革的第一聲。他後來的創作實踐，也是朝著這個方面發展的」；「他雖然主張『我手寫吾口』，主張採用方言俗諺，但並未能根本貫徹。《人境廬詩草》中運用典故的詩，實屬不在少數」。[28]榆杉《黃遵憲詩歌的愛國主義精神》對此則予以較高的評價，認為針對當時詩歌、散文中的復古主義逆流，黃遵憲大膽地提出了「我手寫我口，古豈能拘牽」的現實主義主張，這個思想成為當時以至後來他的詩歌創作的指導思想[29]。張永芳《黃遵憲與詩界革命》的觀點又有不同，認為黃氏「我手寫我口」主張的著重點並不在語言工具，而在於思想內容，與五四時期白話詩的提倡，根本無法相提並論；而且，黃遵憲的這一主張並不算新鮮，金和的五古長詩《題陽湖孫竹康詩稿》，不但在具體見解上，而且在表達形式上，開黃遵憲《雜感》的先路；「我手寫我口」的提法恐怕也很難說是黃遵憲「以創作實踐堅持了四十年的」一貫主張；晚年編定《人境廬詩草》時，他便將自己年輕時寫的大量近乎口語的詩作悉數刪除，足見他即使有過寫語體詩的念頭，後來也改變了見解。[30]

研究黃遵憲的詩學思想時，人們最為重視的是《人境廬詩草・自序》，許多文章以此為主要材料論述黃氏的詩歌主張。吳劍青《黃遵憲的詩歌理論和〈人境廬詩草〉》一文較為全面系統地分析了黃遵憲的詩學思想，指出：「黃遵憲是一個『銳意欲造新詩國』的人物，他

27 《民間文學論叢》，（北京市：中國民間文藝出版社，1981年），頁157-158。

28 《學術研究》1978年第3期，頁72-73。

29 《理論學習》1978年第3期。

30 《遼寧廣播電視大學學報》1987年第1、2期。

也以『新派詩』人自居」;「在《人境廬詩草・自序》裏，黃遵憲總結了中國幾千年來的詩歌創作經驗，系統地提出了自己一套推陳出新的理論綱領」;「黃遵憲在新的時代激蕩下，已把中國傳統的詩論提到了更高的階段」。[31]

許多文章論及黃遵憲在《人境廬詩草・自序》中提出的「詩之外有事，詩之中有人」主張的內含和意義。黃海章《黃遵憲的詩歌理論及創作實踐》認為:「所謂『事』即當前的社會現實。所謂『人』，即作者所獨具的精神面目。」[32]任訪秋《黃遵憲》一文中的觀點與此相近:「所謂『詩之外有事』，即詩歌要有寄託，不是為寫詩而寫詩。所謂『詩之中有人』，即詩中要有作者獨特的思想情感，也就是通過作品，塑造出作者本人的鮮明形象。」[33]張正吾《人境廬詩論簡議》則認為此語是黃遵憲以歷史進化的觀點為基礎提出的詩論綱領，黃氏的詩論涉及詩與現實，詩與詩人，詩與傳統諸問題，而「有我」則是人境廬詩論的核心;「有我」即要具有「我」所處的時代精神，要能表現「我」的理想、感情和願望，要具有「我」的風格。[34]林衡勳《「詩外有事，詩中有人」——黃遵憲詩美學的綱領》則從美學角度研究黃遵憲的詩歌主張，認為「詩之外有事，詩之中有人」或「詩中有人，詩外有事」是黃遵憲詩美學的綱領，「它是黃遵憲在新形勢下所提出的唯物主義詩美學綱領」。「事」是為古人所未聞未見未歷的現實社會生活，人情物理，「詩之外有事」即詩和詩外的客觀現實生活是聯繫在一起的，這「奠定了黃遵憲詩美學唯物主義性質的基礎」；由於黃遵憲是改良派，因此「事」還有第二層次的規定，即「奮發有為，積

31 《華南師院學報》1980年第3期，頁85-87。

32 《學術研究》1978年第3期，頁70。

33 任訪秋:《中國近代文學作家論》,(鄭州市：河南人民出版社，1984年)，頁48。

34 《中山大學學報》1982年第4期。

極改良的事」。「人」是不同於古人的今人，不是一般的今人，而是今人中的「我」，我的獨特個性；不是一般有獨特個性的詩人，而是像他本人那樣具有進步改良思想武裝的獨特個性。「詩必須達到以進步的社會理想、美學理想感染人，打動人，喚起民眾，進而改良社會，『左右世界』的目的，這就是黃遵憲『詩之中有人』的最深層的美學意義。」在黃遵憲的詩歌理論觀念中，是「事」與「人」的對立統一，是「詩之外有事」與「詩之中有人」的對立統一。[35]趙慎修《溫和穩健的詩歌改革者——黃遵憲》一文則從總體上把握黃遵憲的詩學主張，指出：「溫和、穩健是黃遵憲政治活動的方式，也是他進行詩歌改革的方式」，「從不採取大張旗鼓，激烈張揚的行動方式」。[36]

關於黃遵憲與「詩界革命」的關係，也是黃遵憲研究者和近代文學研究者向來關注的一個問題。晚清「詩界革命」是否存在過，如何評價其性質及作用等問題，學術界尚有爭議。因此，談黃遵憲與「詩界革命」的關係，首先要確定的前提是承認「詩界革命」作為一次詩歌改革運動的存在，而且在中國近代文學史上發生了巨大影響。1978年以來，幾乎所有的文章都認為黃遵憲與「詩界革命」有著密切的關係，並在這次詩歌改革運動中發揮了非常重要的作用。鍾賢培《黃遵憲簡論》認為，黃遵憲「是近代改良派『詩界革命』的一面旗幟。他的詩論和詩歌創作，對『新派詩』的形成、發展都有著巨大的啟導作用」。[37]任訪秋《黃遵憲》也指出，「詩界革命」中詩歌創作「成就最大的」，「非黃遵憲莫屬」[38]。張永芳《黃遵憲與詩界革命》考察分析了黃遵憲與「詩界革命」發生、發展的關係，認為「詩界革命」經歷

---

35 《文藝理論研究》1986年第4期，頁68-71。

36 《中國近代文學百題》（北京市：中國國際廣播出版社，1989年），頁70。

37 《中國近代文學評林》第一輯（鄭州市：中州古籍出版社1984年版，第121頁。

38 任訪秋：《中國近代文學作家論》（鄭州市：河南人民出版社，1984年），頁47。

了兩個階段，即戊戌變法前的「新詩階段」和變法後以《清議報》等為主要陣地的高潮階段；並指出，黃遵憲的詩論，實際主要是對「詩界革命」的發展起了作用，對詩界革命的興起作用不大；在後一階段，隨著「詩界革命」向前推進，「古人之風格」越來越受重視，黃遵憲的詩論確實對「詩界革命」發生了深刻影響。因此，黃遵憲的詩論雖不必看做詩界革命的宣言，他的「新派詩」則確乎可算做「詩界革命」的先導。只要不過分拘泥的話，就應該承認，早在「詩界革命」的開始階段，黃遵憲已經在實際上參加了這一運動。[39]

一些學者還注意到黃遵憲的詩歌主張、詩歌創作與民歌的關係。張正吾在《人境廬詩論簡議》中就談到「黃遵憲對於民歌也相當重視」[40]。鍾賢培《黃遵憲簡論》認為：「重視民歌，這是黃遵憲進步的文學主張的一個重要組成部分。」[41]黃保真《黃遵憲文學思想簡論》也特別指出黃氏「重視民歌」，「黃遵憲對民歌的認識和評價，也反映了中國資產階級文學在它的初創時期，向民間文學汲取營養的進步要求」。[42]管林《黃遵憲與民間文學》全面論述了黃氏與民間文學的關係，指出：「黃遵憲在詩歌方面的成就，是和他對民間文學的重視與學習分不開的」，他始終如一地重視民歌和注意詩歌的通俗化，不僅學習他家鄉的客家山歌，而且學習古代民歌，並用以描寫日本的民間習俗。「但是，由於他的階級局限和封建舊思想的束縛，民歌給予他創作的影響，仍然是有限的。」[43]張永芳《黃遵憲與日本民歌》還指出黃氏「對日本民歌的注重至老未衰，日本民歌對他創作『新體詩』

---

39 《遼寧廣播電視大學學報》1987年第1、2期。

40 《中山大學學報》1982年第3期，頁97。

41 《中國近代文學評林》第一輯（鄭州市：中州古籍出版社，1984年），頁124。

42 《社會科學輯刊》1983年第6期，頁150。

43 《民間文學論叢》，（北京市：中國民間文藝出版社，1981年），頁157-165。

也確有啟發」[44]。也有文章認為黃遵憲與民歌的關係不必誇大，應予以恰當的分析與評價。黃海章《黃遵憲的詩歌理論及創作實踐》即指出：「他重視民歌，《人境廬詩草》中也曾有《山歌》數首，但並非他所自作，不過把流行的民歌加以點定而已」，「有人以為他的詩深受民歌的影響，是不足信的」。[45]

由於材料的缺乏，今已難見黃遵憲文章之全貌。但還是有學者論及黃遵憲的散文主張。黃保真《黃遵憲文學思想簡論》指出：「黃遵憲雖然沒有提出『白話文』一詞，但在中國近代要算是最早的白話文理論的先驅了」；他支持梁啟超的「文界革命」主張，「他反駁嚴復的『文界無革命』之說，而力主須『維新』，認為這是歷史的要求，勢出必然。……在翻譯問題上所陳述的一系列主張，頗能補嚴復之不足，應該說是『文界革命』理論的重要文獻」。[46]任訪秋《黃遵憲》也認為：「在散文上，他是主張革新，而不贊同復古的。」[47]

黃遵憲還留下若干關於小說的意見，這些文字也引起了研究者的重視。關於黃遵憲的小說主張，任訪秋嘗在《黃遵憲》一文中予以關注，指出：「在創作上，他是主張現實主義的，就是小說是反映現實中的世態人情的，另外他又主張創作須向中國古典小說中的名著和西方作品學習的。」[48]黃保真《黃遵憲文學思想簡論》認為黃遵憲「熱情鼓吹『小說界革命』，在理論上糾正了梁啟超的某些偏頗」[49]。蔡景康《黃遵憲小說見解述略》則是多年來第一篇專論黃遵憲小說觀的文章，指出：光緒十三年（1887），黃遵憲即從資產階級政治需要出

44 《北京晚報》1982年6月12日。

45 《學術研究》1978年第3期，頁74。

46 《社會科學輯刊》1983年第6期，頁148-151。

47 任訪秋：《中國近代文學作家論》（鄭州市：河南人民出版社，1984年），頁48。

48 同上書，頁49。

49 《社會科學輯刊》1983年第6期，頁150。

發，在《日本國志》中論及小說的重要意義和價值了，這可以說是資產階級改良主義者小說理論的先行和起點；光緒二十八年（1902），《黃遵憲致梁啟超書》中的論述，已深入到小說創作理論實質方面的問題了；文章還認為黃遵憲的小說見解早於或高於嚴復、夏曾佑、梁啟超等人的小說理論文字。[50]

四　關於《人境廬詩草》

一直以來，幾乎所有的黃遵憲研究者都把《人境廬詩草》置於特別突出的地位予以關注。1978年以來的研究情況亦如此。在此期所有的黃遵憲研究論文中，論及《人境廬詩草》的文章最多，也有一些文章提到《人境廬集外詩輯》中的作品。

黃遵憲詩歌的愛國主義精神，是研究者討論得最多的問題。鍾賢培《論黃遵憲的詩歌》指出：「黃遵憲的詩，記敘了中國淪為半封建半殖民地的進程，反映了中國人民反帝愛國鬥爭的時代脈搏，也表現了詩人強烈的愛國主義激情和跟隨時代洪流前進的思想認識，這是應予充分肯定的，愛國主義詩人的桂冠，他是當之無愧的。」[51]管林《闢新意境、創新詩風的黃遵憲》分析了黃遵憲詩歌愛國主義的具體表現：（1）反對侵略，反對殖民主義，關心祖國的命運，憤怒指責帝國主義的侵略行為；（2）對抗戰將領的歌頌和對降將敗軍的諷刺；（3）對海外僑胞的愛護和關心。其局限是，愛國主義思想往往和忠君觀念糾纏在一起。[52]榆杉《黃遵憲詩歌的愛國主義精神》也較細緻

50 《廈門大學學報》1983年增刊。

51 《華南師院學報》1981年第3期，頁97。

52 《廣州研究》1984年第3期。

地分析了黃遵憲的愛國主義詩歌。[53]陳蘭村《論黃遵憲反對沙俄侵略的愛國詩篇》[54]、葛鳳花《晚清傑出的愛國詩人黃遵憲》[55]等文章也都是從這一角度立論的。

關於黃遵憲的詩歌內容及其創作道路，也是備受研究者重視的一個問題。盧中一《愛國詩人黃遵憲》將黃遵憲的詩歌創作分為三個時期：(1)青少年時期，詩歌明顯地表露了愛國主義思想；(2)在國外的外交生活時期，開拓了詩歌領域從未有過的新境界；(3)回國後積極參加變法維新時期。文章也指出了黃遵憲的階級局限，認為他對人民革命運動一直抱敵對態度，對封建統治者還抱有幻想，把資本主義國家中某些虛偽現象當做新鮮事物來讚美，因此他的詩表現出濃厚的改良主義色彩。[56]鍾賢培《論黃遵憲的詩歌》將人境廬詩的內容概括為三個方面：(1)反對侵略，反對投降；(2)批判守舊，要求變法，救亡圖存；(3)將日本、東南亞及歐美等國的政治、歷史和科學文化入詩。[57]吳劍青《黃遵憲的詩歌理論和〈人境廬詩草〉》把《人境廬詩草》的內容概括為六個方面：(1)牢籠古今、網羅中外的詩歌題材；(2)具有高度的愛國主義精神；(3)善於運用新題材創造新意境，而又能保留中國詩歌傳統的民族風格；(4)善於鋪敘眼前事物和刻畫各種人物；(5)用古文家伸縮離合之法以入詩；(6)融化民歌格調，學習民歌精神。[58]任訪秋《黃遵憲》將黃氏戊戌歸里之後的詩作亦看做一個創作階段，指出黃遵憲罹黨禍之後，退居田園之作，更加充滿了感慨悲涼的情緒，「從內容與藝術上看，其成就是不亞於他早年同

53 《理論學習》1978年第3期。

54 《浙江師範學院學報》1981年第1期。

55 《河北師範大學學報》1986年校慶增刊。

56 《書林》1981年第6期。

57 《華南師院學報》1981年第3期。

58 《華南師院學報》1980年第3期。

中年之作的」。[59]張永芳《黃遵憲詩藝散論二題》則從兩個方面認識人境廬詩的特點：一是組詩和長詩；二是散文化的努力。[60]

黃遵憲詩歌的詩史價值與自傳色彩問題，研究者也經常關注並進行過一些討論。自從梁啟超在《飲冰室詩話》中說「公度之詩，詩史也」[61]之後，絕大多數學者均認同此說。此期有文章提出從人境廬詩看詩人自傳的問題。張永芳《詩體的自傳——黃遵憲散論》一文指出：「黃遵憲的大量作品，確實為自己寫就了一部詩體的傳記，一部近代中國外交家和愛國志士悲壯的傳記。」[62]盛豐《從〈人境廬詩草〉看黃遵憲歷史變易觀的產生與發展》認為：黃遵憲的詩，堪稱「詩史」，詩人以歷史入詩，以時事入詩，以身世入詩，使《人境廬詩草》成為反映作者一生歷史變易觀產生、發展的自敘傳，刻畫晚清社會基本矛盾的歷史長卷。[63]

此期還發表了一些從比較新穎的角度研究黃遵憲的論文，反映了黃遵憲在研究方法和研究視野等方面的變化。有運用比較方法的文章，如魏中林《黃遵憲、梁啟超詩歌改革理論異同論》[64]、梁文寧《近代兩部〈己亥雜詩〉之比較》[65]等。子川《論黃遵憲新派詩的變革價值》從新派詩的變革價值切入[66]；曹旭《走向世界的詩人》突出了黃遵憲及其詩歌走向世界的獨特新變價值[67]；陳其泰《近代文化覺

59 任訪秋：《中國近代文學作家論》，（鄭州市：河南人民出版社，1984年），頁57。

60 《電大語文》1988年第4期。

61 梁啟超著，舒蕪校點：《飲冰室詩話》（北京市：人民文學出版社，1959年），頁63。

62 《遼寧教育學院學報》1988年第2期，頁24。

63 《歷史教學問題》1986年第1期。

64 《內蒙古大學學報》1985年第1期。

65 《廣東教育學院學報》1983年第4期。

66 《安徽師範大學學報》1988年第4期。

67 《上海師範學院學報》1983年第4期

醒與〈人境廬詩草〉》則從中國近代文化覺醒的角度考察黃遵憲的詩歌創作[68]。

另外，人境廬詩中的一些名篇也越來越受到重視，發表了不少賞析文章。例如，管林《〈度遼將軍歌〉的藝術特色》對《度遼將軍歌》藝術特色的分析[69]，降大任《維護祖國統一的憂憤之歌》對《臺灣行》思想內容和藝術價值的賞析[70]，董國炎《詩吟中華外，情和大海潮》對黃氏留別日本諸詩的鑒賞[71]，王英志《黃遵憲「詩創別界」說詩例一則》對《今別離》的分析[72]，等等，均反映了黃遵憲研究更加細緻具體的趨向。

黃遵憲詩歌的藝術特色，是研究者特別重視的另一重要問題。在前人有關評論的基礎上，此期對這一問題又進行了討論分析，並取得了一定的進展。管林《闢新意境、創新詩風的黃遵憲》把人境廬詩的藝術特點概括為如下四方面：（1）廣，即題材廣；（2）多，即體裁多；（3）新，即題材新；（4）長，即篇幅較長，而且喜歡使用長句子。並指出：「從詩歌的主要內容來看，黃遵憲不愧為晚清的愛國詩人；從詩歌內容與形式的創新方面看，他可以說是『新派詩』的鼓吹者和重要實踐者，是『詩界革命』的鉅子；從中國文學發展史的地位看，他是中國舊文學向新文學過渡前夕的傑出詩人。」[73]鍾賢培《論黃遵憲的詩歌》認為人境廬的藝術特色表現為：（1）題材上，繼承我國現實主義文學傳統，選取關係國家民族命運的重大政治題材，鎔鑄成歷史性的詩章。（2）富於形象性。（3）語言也別具一格；並認為黃

68 《學術研究》1987年第5期。

69 《語文月刊》1982年第1期。

70 《名作欣賞》1982年第4期。

71 《名作欣賞》1985年第5期。

72 《名作欣賞》1987年第6期。

73 《廣州研究》1984年第3期，頁84。

遵憲的詩「為五四時期白話詩的出現起了先驅者的作用」；文章也指出了其藝術上的局限：他的作品正是以使事用典見長，特別是一些近體詩，語言典雅，典故連篇，這反映了改良派「新派詩」詩人提倡「詩界革命」的不徹底性；他們為了政治上的需要，努力改革詩歌，但資產階級的軟弱性又使他們（包括革命派詩人）無力完全改變詩壇的現狀，其實他們也並不想完全改變現狀。[74]

有的學者著重指出了黃遵憲詩歌革新及其「新派詩」的不足。吳劍青《黃遵憲的詩歌理論和〈人境廬詩草〉》認為：在詩歌形式方面，《人境廬詩草》沒有擺脫舊格律的束縛，創造出與新的內容相適應的新體詩，他只是採取「舊瓶裝新酒」的辦法，在舊詩範圍內求變而已；他又喜歡「以古語飾今事」，這對表達新思想、新感情帶來許多困難。[75]黃海章《黃遵憲的詩歌理論及創作實踐》也指出：黃遵憲所能做到的只是「舊瓶裝新酒」，至於「茫茫詩海，手闢新洲」，「變舊詩國為新詩國」，還有待於後人的努力。[76]任訪秋《黃遵憲》對人境廬詩隸事用典的原因進行了分析，認為這是「因為在反映歷史上的大事件時，不能不抒發一點個人的看法，因而不免於帶有幾分譏評之意。這樣就不得不稍稍隱約其詞，於是就要借用歷史故事以相比附，這就是公度一部分詩所以隸事的主要原因」；「這絕非由於公度的才短，而實出於不得已」；「我們認為他在詩歌的改革同創新上，的確成就很大，為並世作者所不及。但我們還嫌其不徹底，因其在形式上還未能盡脫古蹊徑」。[77]

74 《華南師院學報》1981年第3期，頁99。

75 《華南師院學報》1980年第3期。

76 《學術研究》1978年第3期。

77 任訪秋：《中國近代文學作家論》（鄭州市：河南人民出版社，1984年），頁58。

五　關於《日本雜事詩》

由於《日本雜事詩》的內容和形式都比較特殊，因此它受到了歷史學家與文學史家的共同重視。歷史學家習慣上稱之為歷史著作，文學史家則主要視之為文學作品。這種情況也延續到1978年以來的黃遵憲研究中。此期發表了數篇專論《日本雜事詩》的文章，從不同角度豐富和發展了這一領域的研究。

一些學者注意到《日本雜事詩》與《日本國志》的密切關係，並對之進行了較全面的比較論述。管林《論黃遵憲的〈日本雜事詩〉》稱「《日本雜事詩》是《日本國志》的姐妹篇」，指出「這兩部著書雖然一屬史學著作，一屬文學作品，但內容先後安排上大致相同，各有詳略，又互為補充」。[78]不少文章指出《日本雜事詩》述史記事的特點，強調其歷史文獻價值。陳復興《中日友好的先驅之歌——略論黃遵憲的〈日本雜事詩〉》認為：「黃遵憲不僅是卓越的愛國詩人，也是傑出的國際詩人。他的詩筆接觸到歐美、南洋，尤其相當全面地接觸到日本。他的《日本雜事詩》，是一個先進的中國人最早寫出的詩體明治維新史，是以其親歷之境、親睹之事唱出的中日友好的先驅之歌。是記事之作，也是述志之作。」[79]

關於黃遵憲寫作《日本雜事詩》的動機，一般的看法是此組詩與《日本國志》一樣，並非是為了純文學目標，而是為當時的中國提供一面千秋之鑒。鍾叔河《黃遵憲及其日本研究》指出：《日本雜事詩》「用的是文學體裁，用意卻是想達到讓中國人瞭解日本特別是明治維新這樣一個政治目的；在某種意義上說來，也是一部『明治維新

78 《華南師範大學學報》1984年語言文學專刊，頁9。

79 《吉林大學社會科學學報》1982年第1期，頁91。

史』」。[80]管林《論黃遵憲的〈日本雜事詩〉》認為，應將黃遵憲最初寫作《日本雜事詩》與後來進行較大刪改的不同目的區別開來，指出黃氏最初寫作此詩的動機是「為了發展中日兩國的友好關係，為了彌補我國記日本書極少的缺陷」；「初稿問世以後，隨著作者閱曆日深，聞見日拓，思想日益前進，曾根據宣傳維新變法的需要，對它作了較大的刪改。所以，黃遵憲最初寫作《日本雜事詩》的動機與後來修改定稿時的動機是有區別的，不能混為一談」。[81]

在黃遵憲的所有著作中，《日本雜事詩》的版本最為複雜。此期的研究者同樣重視這一問題的研究與推進。上文已述，鍾叔河輯注的《日本雜事詩廣注》做了很有意義的工作。管林《論黃遵憲的〈日本雜事詩〉》介紹了《日本雜事詩》的八種版本和此書在國內外十七次印行的情況。[82]徐位發《試論〈日本雜事詩〉》一文將《日本雜事詩》光緒五年（1879）同文館聚珍本（即初版本）與光緒二十四年（1898）長沙富文堂本（即定本）的異同進行了比較研究，指出：「反映在初版的雜事詩中的思想，是初步的資產階級改良主義的思想」，修改後，反映了「他的資產階級改良主義思想不論是在廣度上還是在深度上都前進了一大步」[83]。關於《日本雜事詩》初刊本與修訂本的比較研究是一件有意義的工作，可由此認識黃遵憲使日時期文化觀念、政治思想等的發展變化，對研究和把握《日本國志》的成書過程、修改情況和思想觀念等具有重要參考價值。這方面尚有不少問題需要進一步認真考察和深入探究，以全面推動黃遵憲研究的進展。

---

80 鍾叔河：《走向世界——近代中國知識分子考察西方的歷史》（北京市：中華書局，1985年），頁389。

81 《華南師範大學學報》1984年語言文學專刊，頁2。

82 《華南師範大學學報》1984年語言文學專刊。

83 《暨南學報》1983年第3期，頁90。

另一個重點是關於《日本雜事詩》內容與藝術的研究。邱鑄昌《〈日本雜事詩〉簡論》把《日本雜事詩》的內容歸納為三大類：（1）寫日本的地理風貌和風土民情的詩；（2）寫中日關係和日本歷史事件的詩；（3）反映明治維新後日本社會政治、經濟、宗教、文化教育等方面狀況的詩。[84]管林《論黃遵憲的〈日本雜事詩〉》將其特點概括為如下五個方面：（1）描述範圍非常寬廣；（2）結構編排嚴謹有序；（3）配合史籍（指《日本國志》），互為補充；（4）根據需要摻用日語；（5）詩後小注寫法多樣。文章還指出了《日本雜事詩》的局限：思想方面，「一方面對民權思想及資本主義制度表示欽羨，一方面又肯定當時日本流行的『王政復古』思想」，這「正是我國早期資產階級改良派階級局限的反映」，「也是作者的封建思想意識在詩歌中的反映」。藝術方面，有一些堆砌典故、平鋪直敘的乏味之作；詩注有的太長，會影響詩的藝術效果；考訂歷史也有少數錯漏。[85]徐位發《試論〈日本雜事詩〉》從以下兩個方面認識《日本雜事詩》的藝術特色：第一，忠實的、嚴格的現實主義的創作方法；第二，廣博的知識與嫻熟的技巧的結合。[86]另外，管林《論〈日本雜事詩〉中的日語詞彙》是一篇專論《日本雜事詩》中摻用日語詞彙的來源、用法與得失的文章，值得注意。[87]

20世紀60年代初，海外學者鄭子瑜嘗首倡建立「黃學」，由於當時特殊的政治文化環境及其它條件的限制，這一宣導並未引起中國學者的應有注意，卻立即引起了新加坡、日本等國研究者的重視與回應。可以說，1978年至1989年中國的黃遵憲研究，與海外專家學者的

---

84 《華中師院學報》1979年第4期。

85 《華南師範大學學報》1984年語言文學專刊，頁5-11。

86 《暨南學報》1983年第3期。

87 《嘉應師專學報》1986年第1期。

研究一道，是在為建立「黃學」研究體系共同進行著有意義的努力。假如「黃學」確可成「學」，確有價值且需要建設的話，那麼，回顧自從這一倡議提出至今的情況，就不能不承認，有關研究者在這方面所做的工作未能盡如人意，甚至可以說很不理想。

綜觀1978年至1989年間的黃遵憲研究，各個方面均有不同程度的進展，取得的成果是喜人的；但同時也有一些尚待發展的領域和有必要加強的環節，這些不足限制了黃遵憲研究的全面發展和不斷深入。如對黃遵憲文學思想的研究，尚缺乏將其置於中國近代歷史文化的大背景中，置於中國美學、文學思想發展史的進程中進行綜合深入的考察，從而對其價值與地位做出更科學的估價；對黃氏詩文思想內容和藝術特徵的評價，也尚處於條分縷析的階段，而鮮有從入手取徑、傳承創新、審美特徵、藝術情趣的高度對其進行系統的論述；也較少將黃遵憲的文學思想與創作實績還原到中國近代新舊交替、中西雜糅的極具特色的文壇風氣中，認識他對中國古典詩文的繼承與發展，對中國現代新文學的啟迪。

總之，要將黃遵憲研究發展至足以成為一門專門性的學問的水準，要進一步建立科學完備的「黃學」研究體系，還有許多的基礎性工作要做，包括從文獻發掘到理論闡發、從個案研究到聯繫比較、從具體分析到綜合考察等各方面的工作，這是一項綜合性的全面的學科建設工程。我們祝願「黃學」蓬勃發展，並願意為之而努力。

周作人論黃遵憲

周作人讀的書多，知識廣博，見解獨到。黃遵憲作為晚清中國的傑出人物，其著作確是周作人博學的範圍。他曾用力收集黃氏的著作，並寫過多篇論及黃遵憲及其作品的文章。黃遵憲研究和周作人研究如今均有方興未艾之勢，因之筆者試圖將周作人論黃遵憲的文字作一梳理評介，也許對這兩位歷史人物的研究來說均不無裨益。

周作人在著作中曾屢次提及黃遵憲和他的作品，如《苦竹雜記》中的《兩國煙火》、《日本的衣食住》、《和文漢讀法》、《文字的趣味》，《風雨談》中的《日本的落語》、《日本管窺之三》，《知堂己酉文編》中的《關於竹枝詞》，等等。周作人還有四篇專論黃遵憲的文章，這就是：1936年3月3日寫的《日本雜事詩》，1937年2月4日寫的《人境廬詩草》，1940年11月19日發表的《日本國志》，1958年8月14日發表的《詩人黃公度》。綜觀這些論述，內容大致可以分為兩個方面：一為有關黃遵憲著作版本與史實的考證辨析；一為對黃遵憲其人知人論世的評騭論說。現分別述之如下。

一　版本史實的考證辨析

周作人曾收藏有《人境廬詩草》的五種版本，其中至為重要的，是《人境廬詩草》四卷抄本，此本與後來其它刻本所收詩作多有異同，在《人境廬詩草》的各種版本中具有特別重要的價值。周作人曾說：「我從北平舊書店裏得到此書，當初疑心是詩草的殘抄本，……

仔細對校之後，發見這抄本四卷與刻本的一至六卷相當，反過來說，那六卷詩顯然是根據這四卷本增減而成，所以這即是六卷的初稿。」[1]這是以往所有研究者不曾知曉、未嘗見過的一個本子，實在是一個重大的發現，值得在黃遵憲研究史上大書一筆。

周作人發現並收藏的《人境廬詩草》四卷抄本，展現的是黃遵憲詩歌正式修訂、印行之前的本真形態，具有珍貴的價值；從抄本與後來刻印本的比較研究中，可以看到黃遵憲對自己詩作的修改增刪情況，由此可窺見其詩歌創作、詩學主張和思想觀念的發展變化。周作人是對《人境廬詩草》四卷抄本與刻印本進行比較研究的第一人。他發現，刻本「總計六卷中有詩三百五首（有錯當查）[2]，半係舊有，半係新增，其四卷本有而被刪者有九十四首，皆黃君集外詩也」[3]，「總計四卷本共有詩二百四十七首」[4]。接著他對抄本與刻本的增刪情況作了一一統計和比較。周作人還曾將《山歌》的三種版本（即羅香林藏黃氏手寫本十五首、抄本十二首、刻本九首）的增刪情況作了比較研究，說：「至於《山歌》的校對更是很有興趣的事。」[5]字裏行間，流露出他對黃遵憲研究的喜愛和熱情。

可惜的是，這種極有意義的比較研究從周作人這裏開始，他有首創之功，但他本人並沒有作進一步的探究；在周作人之後，這種研究也沒有被很好地繼承下來。到了1958年，周作人淡淡地說：「可惜這個抄本今已失去了。」[6]這種「失去」，當與周作人自1945年、1949年

---

1 周作人：《人境廬詩草》，《秉燭談》（長沙市：嶽麓書社，1989年），頁44-45。

2 引者按：據《人境廬詩草》宣統三年（1911年）日本初刊本和商務印書館民國二十年（1931年）再版本，周作人數字統計不確，當為三百零三首。

3 周作人：《人境廬詩草》，《秉燭談》（長沙市：嶽麓書社，1989年），頁45。

4 周作人：《人境廬詩草》，《秉燭談》（長沙市：嶽麓書社，1989年），頁46。

5 同上書，頁48。

6 陳子善編：《知堂集外文・四九年以後》（長沙市：嶽麓書社，1988年），頁326。

之後人生境況發生的重大變故有關。幸好，周作人失去的這四卷抄本《人境廬詩草》不知怎樣被北京大學圖書館收藏了，這個本子便成為北京大學中文系近代詩研究小組編、中華書局1960年12月出版的《人境廬集外詩輯》的主要詩歌來源之一。該書的《前言》中說：「輯錄的來源，一是北京大學圖書館藏的四卷抄本《人境廬詩草》，它是作者在倫敦做外交官時編輯的《人境廬詩草》初稿。作者在晚年定稿時，從中刪去了九十四首。」[7]所論與周作人觀點基本相同，但絕未提及周作人的名字，儘管這四卷抄本卷首明明鈐有「苦雨齋藏書印」的印記。無論如何，該書的出版，使黃遵憲集外詩終於有了與廣大讀者見面的機會，這是黃遵憲研究的幸事，也應當是周作人的欣慰。那時他尚健在，且生活在北京，不知見過《人境廬集外詩輯》一書否？在發現、保存四卷抄本過程中，周作人立下了不容否認的第一功，這些集外詩的出版，也應當說其中有周氏的心血在其間。

關於人境廬的集外詩，錢萼孫（字仲聯）在商務印書館民國二十五年十一月（1936年11月）《人境廬詩草箋注》之《發凡》中云：「詩家凡自定之集，刪去之作，必其所不愜意而不欲以示人者。他人輯為集外詩，不特多事，且違作者之意。」[8]順便說明，1957年5月古典文學出版社版《人境廬詩草箋注》的《發凡》中尚有此語，至1981年6月上海古籍出版社版的該書中，此語已被刪去。由此也可見箋注者錢仲聯對於這一問題在認識和處理上的變化。周作人對此事的見解則要通達有識得多，顯示了他一貫的思想特色。他說：「如就人而言，欲因詩以知人，則材料不嫌太多，集外詩也是很有用的東西吧。」[9]周

7 北京大學中文系近代詩研究小組編：《人境廬集外詩輯》卷首（北京市：中華書局，1960年），頁1。

8 錢萼孫：《發凡》，《人境廬詩草箋注》卷首（北京市：商務印書館，1936年），頁2。

9 周作人：《人境廬詩草》，《秉燭談》（長沙市：嶽麓書社，1989年），頁45。

作人又指出：「我所佩服的是黃公度其人，並不限於詩，因此覺得他的著作都值得注意，應當表章，集外詩該收集，文集該刊佈，即《日本雜事詩》亦可依據其定本重印。[10]到了1958年，周作人還表示過人境廬集外詩「很值得收羅」[11]。

後來，不僅《人境廬集外詩輯》出版了，而且，1968年9月日本早稻田大學東洋文學研究會還出版了鄭子瑜、實藤惠秀編校的《黃遵憲與日本友人筆談遺稿》。進入20世紀80年代以來，黃遵憲的詩歌、書信、雜文、稟文等多種資料陸續發現發表，這一切均為黃遵憲研究的深入發展做了意義重大的基礎性工作。在得知將出版《黃遵憲全集》的消息多年之後，2005年3月，在黃遵憲逝世一百週年之際，這部學界企盼已久的黃氏全集終獲出版，為研究者提供了以往未見或未知的許多新材料。這不僅是黃遵憲研究的幸事，也與周作人的一貫主張相合。周作人去世至今，已近四十年了，假如他尚能地下有知，也會覺得欣慰的吧。

周作人所藏《日本雜事詩》也有五種版本。他在購得《日本雜事詩》定本時作題記道：「民國廿五年二月二日在北平廠甸書攤買得，此係黃君最後定本，可貴也！」[12]興奮欣喜之情溢於言表。黃遵憲《日本雜事詩》光緒五年己卯（1879）同文館集珍版（即初刊本、原本）與光緒二十四年（1898）長沙富文堂刊本（即定本）相異處較多，周作人是對這兩種版本進行比較研究的第一人。他說：「《雜事詩》原本上卷七十三首，下卷八十一首，共百五十四首，今查定本上

10 同上書，頁51。

11 周作人：《詩人黃公度》，陳子善編：《知堂集外文・四九年以後》（長沙市：嶽麓書社，1988年），頁326。

12 《周作人舊藏〈日本雜事詩〉最後定本題記》，鍾叔河：《從東方到西方——「走向世界叢書」敘論集》卷首圖版（上海市：上海人民出版社，1989年），頁8。

卷刪二增八，下卷刪七增四十七，計共有詩二百首。」[13]他還就初刊本與定本的異同發表了評論。

周作人首倡的《日本雜事詩》初刊本與定本的比較研究，與《人境廬詩草》四卷抄本與刻印本的比較研究一樣，對黃遵憲研究具有重要的基礎性與典範性意義。可是，自20世紀30年代周氏宣導之後卻鮮有後繼者，直到20世紀80年代初以後才有學者著文論及。1981年10月，湖南人民出版社出版了鍾叔河輯注的《日本雜事詩廣注》，將初刊本與定本之異同比照列舉而出，且引《日本國志》和《人境廬詩草》中的相關內容作為注釋材料，堪稱周作人首倡的比較研究在半個世紀之後取得的一大成果。此書為鍾叔河主編的「走向世界叢書」之一種，1985年3月又由嶽麓書社出版了修訂合訂本，將《日本日記·甲午以前日本遊記五種·扶桑遊記·日本雜事詩廣注》合為一巨冊，是目前《日本雜事詩》的最好注本。

1936年秋，中國駐日本大使館職員在會議席上大言《日本國志》非黃遵憲所作，乃是姚文棟的原著。周作人經過細緻的考證，否定了這種無稽之談。他比較了黃遵憲《日本國志》與姚文棟《日本地理兵要》二書的內容，指出「二者不但不同而且絕異也。絕異之點還有一處，是極重要的，即是作者的態度」，姚氏之作「其意是在於言用兵」，而「黃書的意義卻是不同的，他只是要知彼，而知己的功用也就會從這裏發生出來」。[14]他還比較了《日本國志》和《日本雜事詩》，指出「《日本國志》實與《日本雜事詩》相為表裏，其中意見本是一致」[15]，「若說《日本國志》非黃公度之作，那麼《雜事詩》當然

13 周作人：《日本雜事詩》，《風雨談》（長沙市：嶽麓書社，1987年），頁101。

14 周作人：《人境廬詩草》，《秉燭談》（長沙市：嶽麓書社，1989年），頁54。

15 同上書，頁55。

也不是，這恐怕沒有人能夠來證明吧」[16]。後來，周作人得到姚文棟的雜文集，以確鑿的證據認定「姚黃二家的書名同實異，截不相干」[17]。周作人在考察了姚氏雜文集卷末的《日本國志凡例》之後指出：「姚氏所著固自成一種《日本國志》，但若與黃著相比，則不可同日而語矣。」[18]

周作人對《日本國志》著者問題的考證，澄清了重大的歷史事實，糾正了有可能引起混亂的錯誤說法和做法。如今，《日本國志》為黃遵憲所著，已是學界公認的事實，甚至已成為一個歷史常識。將《日本國志》與《日本雜事詩》聯繫起來進行比較研究，周作人也可以算是最早的吧。

二　知人論世的評騭分析

黃遵憲是集政治運動家、啟蒙思想家、學者、詩人於一身的有深度、有立體感的人物，因此，研究者可以從不同的角度走近他。周作人說：「黃公度是我所尊重的一個人。但是我佩服他的見識與思想，文學尚在其次，所以在著作裏我看重《日本雜事詩》與《日本國志》，其次乃是《人境廬詩草》。」[19]周作人選取的主要不是文學的角度，但並不排斥從文學角度研究黃遵憲。就黃遵憲研究的立場與方法及此項研究的整體發展來說，周作人的這一切入點實在是抓住了要害。

儘管如此，周作人對《人境廬詩草》的評論也有不少。他不願把

---

16 同上書，頁56。

17 周作人：《日本國志》，鍾叔河編：《知堂書話》（長沙市：嶽麓書社，1986年），頁623。

18 同上。

19 周作人：《人境廬詩草》，《秉燭談》（長沙市：嶽麓書社，1989年），頁43。

《人境廬詩草》作為「詩」來讀的原因有二：第一，「我於詩這一道是外行」[20]。這類說法在周作人的文章中並不少見，實際上經常是他表示不情願的一種託詞。他對人境廬詩也如是說，同樣是這樣的用意，並非他真的不懂詩。第二，「我又覺得舊詩是沒有新生命的。他是已經長成了的東西，自有他的姿色與性情，雖然不能盡一切的美，但其自己的美可以說是大抵完成了。……若是託詞於舊皮袋盛新蒲桃酒，想用舊格調去寫新思想，那總是徒勞」。因此，「我看人境廬詩還是以人為重，有時覺得裏邊可以窺見作者的人與時代」。[21]這番話表現了周作人對舊詩的態度，也涉及到新舊文學交替嬗變的問題，儘管並未詳細申論，卻提出了重大的文學史與文化史問題。

周作人亦曾高度評價《人境廬詩草》，他說：「其特色在實行他所主張的『我手寫我口』，開中國新詩之先河，此外便不是我所能說的了。」[22]周氏此語雖極簡潔，卻一語破的，抓住了人境廬詩「開中國新詩先河」的大關鍵，道出了黃遵憲及其詩歌的歷史地位，不是他不能多說，實在是不必多說了。《人境廬詩草》卷八《馬關紀事》（「既遣和戎使」一首）曾得到周作人的高度評價，他說：「黃君雖然曾著《日本雜事詩》與《日本國志》，在中國是最早也最深地瞭解日本的人，但在中日戰爭的甲午的次年就敢於這樣說，我們不能不佩服他的膽識。」[23]表示佩服黃遵憲的「膽識」。後來還嘗說過：「他政治上的主張不及文學上的更為出色。不過講到詩的問題上，我是個外行，我

20 同上。

21 同上。

22 周作人：《詩人黃公度》，陳子善編：《知堂集外文・四九年以後》（長沙市：嶽麓書社，1988年），頁326。

23 周作人：《日本管窺之三》，《風雨談》（長沙市：嶽麓書社，1987年），頁178。

所以佩服他的，還因他的學問與見識。」[24]可見周氏思考問題和評價人物時選取角度的特點。如今，周作人的論斷已為學界大部分人所接受，從中亦可見周氏見識之深刻與通達。

在黃遵憲的所有著作中，周作人更看重《日本雜事詩》和《日本國志》，因此他提及二書的時候也最多。他尤其屢屢提及《日本雜事詩》，更見出他發自內心的偏愛。在比較研究了初刊本（原本）與定本《日本雜事詩》的過程中，周作人指出：「黃君對於日本知其可畏，但又處處表示其有可敬以至可愛之處，此則更難，而《雜事詩》中即可以見到，若改正之後自更明瞭了。」[25]周作人敏銳地注意到作品修改過程中作者思想的變化發展。他還進一步指出，由這兩種版本的對比參照之中，「可以看出作者思想之變換，蓋當時猶難免緣飾古意，且信且疑，後來則承認其改從西法革故取新，卓然能自樹立也」[26]。

周作人還對《日本雜事詩》的初刊本（原本）和定本中的部分作品作了具體的比較研究和評論。原本第五十首詠新聞紙與定本不同，周氏的評論，表現了對黃遵憲的深刻理解：「以詩論，自以原本為佳，稍有諷諫的風味，在言論不自由的時代或更引起讀者的共鳴，但在黃君則讚歎自有深意，不特其去舊布新意更精進，且實在以前的新聞說多偏於啟蒙的而少作宣傳的運動，故其以叢書（Encyclopaidia）相比併不算錯誤。」[27]可是，周作人開創並初步實施的這種以微知著、以簡馭繁的比較研究，並沒有在後來的研究中得到應有的繼承，這一缺憾一直延續到目前。

---

24 周作人：《詩人黃公度》，陳子善編：《知堂集外文・四九年以後》（長沙市：嶽麓書社，1989年），頁325。

25 周作人：《日本雜事詩》，《風雨談》（長沙市：嶽麓書社，1987年），頁102。

26 同上書，頁104。

27 周作人：《日本雜事詩》，《風雨談》（長沙市：嶽麓書社，1987年），頁103。

周作人還在多處以讚賞的口吻說到《日本雜事詩》的意義和價值。如：「以我淺陋所知，中國人記述日本風俗最有理解的要算黃公度，《日本雜事詩》二卷成書於光緒五年己卯，已是五十七年前了[28]，詩也只是尋常，注很詳細，更難得的是意見明達。」[29]又如：「近代的人關於日本語言文字有所說明的最早或者要算是黃公度吧。」[30]又如：「近代中國書好奇地紀錄過日本語的，恐怕要算黃公度的《日本雜事詩》最早了吧。」[31]他注意到《日本雜事詩》詩與注之間的密切關係，曾說詩注：「不但說明本事，為讀詩所必需，而且差不多成為當然必具的一部分，寫得好的時候往往如讀風土小紀，或者比原詩還要覺得有趣味。」[32]

周作人還精闢地指出黃遵憲文化思想的先進性，說：「黃君對於文字語言很有新意見，對於文化政治各事亦大抵皆然，此甚可佩服，《雜事詩》一編，當作詩看是第二著，我覺得最重要的還是看作者的思想，其次是日本事物的紀錄。這末一點從前也早有人注意到，如《小方壺齋輿地叢鈔》中曾鈔錄詩注為《日本雜事》一卷，又王之春著《談瀛錄》卷三四即《東洋瑣記》，幾乎全是鈔襲詩注的。」[33]他還說過：「定稿編成至今已四十六年[34]，記日本雜事的似乎還沒有第二個，此是黃君的不可及處，豈真是今人不及古人歟。」[35]

---

28 引者按：此文作於1935年。

29 周作人：《日本的衣食住》，《苦竹雜記》（長沙市：嶽麓書社，1987年），頁157。

30 周作人：《和文漢讀法》，《苦竹雜記》（長沙市：嶽麓書社，1987年），頁178。

31 周作人：《文字的趣味》，《苦竹雜記》（長沙市：嶽麓書社，1987年），頁186。

32 周作人：《關於竹枝詞》，《知堂乙酉文編》（上海市：上海書店，1985年複印本），頁52。

33 周作人：《日本雜事詩》，《風雨談》（長沙市：嶽麓書社，1987年），頁104-105。

34 引者按：此文作於1936年。

35 周作人：《日本雜事詩》，《風雨談》（長沙市：嶽麓書社，1987年），頁105。

周作人還經常把《日本雜事詩》與《日本國志》聯繫起來評說。他對《日本國志》也曾予以高度評價，指出：「黃著四十卷，《地理》才有三卷，《刑法》《食貨》共得十一卷，若其最有特色，前無古人者，當推《學術》《禮俗》二志，有見識，有風趣，蓋惟思想家與詩人合併，乃能有此耳。」[36]周作人看到黃遵憲不僅僅是詩人，確為有識之見。只有認識及此，黃遵憲研究才可能具有開放的氣度、闊大的視野和深邃的品格。周作人正是在這方面進行過具有開拓意義的可貴的努力，顯示出有學術深度與研究個性的方法與觀念。

由以上所述中可以看到，周作人以學者的謹嚴，文學家的敏銳，思想家的深刻，對黃遵憲進行了比較全面深入的研究。他論述黃遵憲的文字不是很多，文章也不長，但確有自己的特色和價值。其中重要的有：

第一，嚴謹翔實的考據辨偽，執著真誠的求實精神。在黃遵憲的著作尚未引起普遍關注的情況下，周作人就開始了用心的搜求與研究。這對黃遵憲著作的留傳和利用，發揮了重大作用。他發現和收藏的黃遵憲著作版本，考證的有關問題，如《人境廬詩草》四卷抄本的發現與收藏，此本與刊印本之關係的研究，均是極有價值、極為重要的，具有解決黃遵憲研究根本性問題的價值。這些努力為黃遵憲研究的成立和發展奠定了堅實的文獻與史實基礎。

第二，寬闊通達的視野，聯繫比較的研究方法。周作人學問廣博，思維空間闊大。特別是他無與倫比的對於中國文化的熟稔駕馭和對日本文化的精深把握，使他能夠在黃遵憲及相關研究中處於非常明顯的優勢地位。周作人運用比較方法可以做到從容自如，左右逢源：

36 周作人：《日本國志》，鍾叔河編：《知堂書話》（長沙市：嶽麓書社，1986年），頁623。

黃遵憲不同著作之間，同一著作不同版本之間，黃氏與同時代其它人物之間，黃氏與日本文人、文化之間，均可自如地進行聯繫比較，在各種層次的立體性比較映襯之中，準確認識研究對象的價值，恰當估價研究對象的地位。

第三，知人論世的同情之理解，綜合多元的文化視角。周作人絕不僅僅把黃遵憲看做是詩人或史學家或外交官等等，不把他當做單一身份的人物來看待，而是在文章中反覆提及佩服黃氏的「見識」、「學問」、「思想」和「態度」等等，這實際上就是把他看做集政治家、思想家、學者與詩人等於一身的人物，進行多角度多層次的綜合考察，其實就是貼近研究對象所處的具體文化氛圍的一種懷有深切的同情的深度理解，一種綜合性的自由開闊的文化角度。這就使周作人的黃遵憲研究獲得了開放的品質和獨特的價值，使他的評論見解通達，認識深刻，顯示出歷久彌新的學術價值和思想價值。

總之，說周作人是早期黃遵憲研究中極具特色、卓有成就的奠基者之一，說周作人的黃遵憲研究中表現出來的研究方法、學術思想、學術個性具有至今猶在的啟示性與指導性價值，均是不過分的。為了黃遵憲研究的深入發展，為了「黃學」研究體系的建立，前人的成果的確不容忽視，周作人恰恰是其中特色鮮明、貢獻卓著、引人注目的一家。既如此，倘若有人寫《黃遵憲研究史》的話，該不會忘記周作人應有的地位吧。

錢鍾書論黃遵憲述說

黃遵憲作為晚清詩壇大家，作為中國古典詩歌迅速變革時期特色鮮明、成就卓著的詩人，自是錢鍾書始終保持關注興趣的人物之一。《談藝錄》、《管錐編》和《七綴集》中多次論及黃遵憲其人其詩，就說明了這一點。錢鍾書對人境廬主人及其詩歌的評論，以其特有的思接千載、橫覽中外的理論視野，細如毫髮、洞悉微深的藝術眼光，多發前人未發之覆，留下了足令來者再三思之、深入探討的文字。

然而，錢鍾書對於黃遵憲的評論迄今未引起學界的應有重視，這種狀況不僅阻礙黃遵憲研究及黃遵憲研究學術史的進展，而且於晚清詩歌乃至整個近代文學研究有害無益。故筆者不揣譾陋，將錢鍾書論黃遵憲的主要觀點述說如次，從學術史角度對此進行一番考察反思，以期利於有關研究領域的學術進展。筆者深知對錢鍾書學術思想缺少完整深入的把握，也就難以道出錢氏論人境廬的精髓，權拋引玉之磚，時賢方家倘能由此多加研討錢鍾書的有關論述，匡正筆者之不逮，則善莫大焉。

錢鍾書論黃遵憲的文字，以《談藝錄》（補訂本）表現得最為集中充分（凡八處），《管錐編》、《七綴集》二書中亦有多處論及（前書十五處，後書二處）。約略言之，這些論述涉及黃遵憲詩歌創作的許多重要問題，也指出了時人黃遵憲研究中的某些疏失或可商討之處，並由評價黃遵憲其人其詩涉及文學批評、文學史研究的一些具有普遍意義的理論的、方法論的重要問題。茲請一一述之。

一　詩歌入手取徑及其與詩壇風氣之關係

討論一位詩人創作的入手取徑之處，探求其與一定的時代風氣、詩壇習尚的關係，是中國詩評的一種傳統方法。黃遵憲晚年對自己的詩作期許甚高，嘗說：「吾之五古詩，自謂淩跨千古；若七古詩，不過比白香山、吳梅村略高一籌，猶未出杜、韓範圍。」[1]錢鍾書論黃遵憲詩的取徑則說：「《人境廬詩》奇才大句，自為作手。五古議論縱橫，近隨園、甌北；歌行鋪比翻騰處似舒鐵雲；七絕則龔定庵。取徑實不甚高；傖氣尚存，每成俗豔。尹師魯論王勝之文曰：『贍而不流』；公度其不免於流者乎。大膽為文處，亦無以過其鄉宋芷灣。」[2]錢鍾書指出人境廬諸體詩與清代袁枚、趙翼、舒位、龔自珍、宋湘諸家詩之密切關係，極堪注意。他曾特別指出黃遵憲對龔自珍的效法說：「黃公度之《歲暮懷人詩》、《續懷人詩》均師承定庵，只與漁洋題目相同；其《己亥雜詩》則與定庵不但題目相同，筆力風格亦幾青出於藍，陳抱潛當如前賢畏後生矣。」[3]黃遵憲的某些作品大膽以地方風情入詩、通俗曉暢的語言特色，遠紹中國古典詩歌的通俗化傳統，與客家民間文學亦有深刻關聯，而客家先輩詩人宋湘則是人境廬詩這一方面特色的直接淵源。黃遵憲的詩歌創作從《紅杏山房詩鈔》中獲得大量靈感，是顯而易見的事實。黃遵憲在詩作中屢次道及宋湘，欽敬喜愛之情溢於言表[4]，即是人境廬詩與紅杏山房詩之間密切關係的一種直接證明。

1　北京圖書館善本組整理：《黃遵憲致梁啟超書》，《中國哲學》第八輯（北京市：生活・讀書・新知三聯書店，1982年），頁372。

2　錢鍾書《談藝錄》（補訂本）（北京市：中華書局，1984年），頁23。

3　同上書，頁465。

4　可參閱黃遵憲《過豐湖書院有懷宋子灣先生》、《豐湖棹歌》等詩，見《人境廬集外詩輯》（北京市：中華書局，1960年），頁20。

另一方面，錢鍾書還指出黃遵憲詩歌創作與以文為詩的「宋詩派」之間的密切關係：「文章之革故鼎新，道無它，曰以不文為文，以文為詩而已。向所謂不入文之事物，今則取為文料；向所謂不雅之字句，今則組織而斐然成章。謂為詩文境域之擴充，可也；謂為不入詩文名物之侵入，亦可也。……今之師宿，解道黃公度，以為其詩能推陳出新；《人境廬詩草・自序》不云乎：『用古文伸縮離合之法以入詩。』寧非昌黎至巢經巢以文為詩之意耶。」[5]黃遵憲嘗說過：「嘗於胸中設一詩境：一曰，復古人比興之體；一曰，以單行之神，運排偶之體；一曰，取《離騷》樂府之神理而不襲其貌；一曰，用古文家伸縮離合之法以入詩。」[6]錢鍾書認為，多年來人們研究黃遵憲詩，多從其「推陳出新」的角度立論，強調其「新派詩」的創新價值，而黃遵憲在詩集自序中卻清楚地表明兼收並蓄，轉益多師，當然包括學習借鑒自中唐韓愈、宋代蘇軾、黃庭堅諸大家以後直至晚清鄭珍詩歌創作中多有表現的「以文為詩」的創作方法。

錢鍾書所論，清晰而客觀地說明了黃遵憲與「宋詩派」的密切關係，真實地描述出晚清詩壇複雜紛繁的內部狀況。這無疑更接近文學史的實際，實為新人耳目之學術卓見。長期以來，近代文學研究中乃至整個中國文學史研究中相當盛行，直至目前仍頗為常見的做法是，將以黃遵憲為代表的「新派詩」詩人與晚清時期人數眾多、詩名極盛、影響深遠的「以文為詩」的「宋詩派」與「同光體」簡單化、絕對化地對立起來，經常把二者的關係描繪得格格不入、勢不兩立。錢鍾書這段論說，對這種不顧事實的文學史觀念是一個極好的教益。更為重要的是，錢鍾書將向來為文學史家所詬病的「以不文為文，以文

5 錢鍾書：《談藝錄》（補訂本）（北京市：中華書局，1984年），頁29-30。

6 黃遵憲：《自序》，錢仲聯：《人境廬詩草箋注》卷首（上海市：上海古籍出版社，1981年），頁3。

為詩」的創作方法看做「文章之革故鼎新」之「道」，即文體變革中一種帶有規律性、根本性的現象，文學發展過程中的一種不可避免、不期然而然的歷史趨勢；也就是說，他把這種現象和趨勢提高到理論性、規律性、普遍性的高度來認識闡發，將對文學史事實的考察大大地深化了，使之獲得了理論價值和普遍意義。這一觀點，對黃遵憲詩歌研究與近代詩歌研究，乃至對重新探討長久以來的唐詩宋詩之爭、思考整個中國詩歌史和文學史，都具有重要的學術價值和方法論意義。

至於「取徑實不甚高；傖氣尚存，每成俗豔」、「不免於流」諸語，則是錢鍾書從自己的詩學思想與品藻尺度出發，對人境廬詩之不足的分析，其中尤可注意者，是錢鍾書拈出「俗豔」二字品評人境廬詩的一種風格特點。關於這一點，錢鍾書又進一步指出：「余於晚清詩家，推江弢叔與公度如使君與操。弢叔或失之剽野，公度或失之甜俗，皆無妨二人之為霸才健筆。」[7]此處之「甜俗」與上文的「俗豔」，所指當無大異。愚以為，錢鍾書下此斷語的依據主要是黃遵憲早年〔光緒二年（1876）中舉之前〕的大部分作品，以及後來的少量作品；也就是說，黃遵憲詩之「俗豔」或曰「甜俗」風格最集中地表現在早期作品中，儘管他後來也不無同類之作。正如錢鍾書所說，觀《人境廬集外詩輯》，對這一點當會有具體真切的認識。

筆者還想補充的是，黃遵憲詩之「俗豔」、「甜俗」之風至其出使日本時再一次得到較突出的表現。梁啟超其實已經多少意識到這一點，嘗指出：「《人境廬集》中，性情之作，紀事之作，說理之作，沉博絕麗，體殆備矣；惟綺語絕少概見，吾以為公度守佛家第七戒也。頃見其《都踴歌》一篇，不禁撫掌大笑曰：『此老亦狡獪乃爾！』」[8]

7　錢鍾書：《談藝錄》（補訂本）（北京市：中華書局，1984年），頁347。

8　梁啟超著，舒蕪點校：《飲冰室詩話》，（北京市：人民文學出版社，1959年），頁34。

還有，倘若一讀《黃遵憲與日本友人筆談遺稿》中保存的人境廬佚詩，對錢鍾書的論斷定會有更深刻的理解[9]。還有必要指出，錢鍾書在此拈出「俗豔」、「甜俗」描摹黃遵憲某些詩作的風格特色，但並不是說全部人境廬詩均是如此；而且，他將黃遵憲和江湜在晚清詩壇的地位比做魏、蜀、吳三足鼎立時「天下英雄，惟使君與操」的劉備和曹操，稱此二人為「霸才健筆」，稱人境廬詩「奇才大句」，亦即稱二人為當時詩壇之「天下英雄」。這些都是很高的評價，錢鍾書對其它詩人似還從未如此。另一方面，「俗豔」或「甜俗」之說並非全部人境廬詩風格的完整概括，上引梁啟超所論實際上已涉及黃遵憲詩歌風格豐富性與多樣化的問題。因此，全面考察黃遵憲的創作歷程、風格變遷和留存至今的一千一百四十餘首詩歌，可以認識到事實確是如此。

關於人境廬詩的風格特色、美感風貌，筆者以為汪辟疆所論頗為精當：「中歲以後，肆力為詩，探源樂府，旁採民謠，無難顯之情，含不盡之意。又以習於歐西文學，以長篇敘事，見重藝林，時時傚之，敘壯烈則繪影模聲，言燕昵則極妍盡態。其運陳入新，不囿於古，不泥於今，故當時有詩體革新之目。曾重伯、梁卓如尤推重之，雖譽逾其實，固一時巨手也。」[10]

錢鍾書曾指出：「一個藝術家總在某些社會條件下創作，也總在某種文藝風氣裏創作。這個風氣影響到他對題材、體裁、風格的去取，給予他以機會，同時也限制了他的範圍。就是抗拒或背棄這個風氣的人也受到它負面的支配，因為他不得不另出手眼來逃避或矯正他

9 參考鄭子瑜、實藤惠秀編校《黃遵憲與日本友人筆談遺稿》（東京：早稻田大學東洋文學研究會，1968年）；亦可參閱本書《黃遵憲使日時期佚詩鉤沉》部分，此不贅述。

10 汪辟疆：《近代詩派與地域》，《汪辟疆文集》（上海市：上海古籍出版社，1988年），頁315-316。筆者按：關於黃遵憲對西方文學、文化的接受和理解問題，筆者之所見與汪氏此論略有不同，詳見下文「對西學之接受及與西學之關係」部分。

所厭惡的風氣。」[11]因此錢鍾書在《談藝錄》「補訂」部分中論黃遵憲時，就在早年論說人境廬詩取徑入手之基礎上，進一步考察黃遵憲與當時詩壇風氣的關係，考察他對時代風氣的影響和時代風氣給予他的影響：「乾嘉以後，隨園、甌北、仲則、船山、伽、鐵雲之體，匯合成風；流利輕巧，不矜格調，用書卷而勿事僻澀，寫性靈而無忌纖佻。如公度鄉獻《楚庭耆舊遺詩》中篇什，多屬此體。公度所刪少作，輯入《人境廬集外詩》者，正是此體。江弢叔力矯之，同光體作者力矯之，王壬秋、鄧彌之亦力矯之；均抗志希古，欲回波斷流。公度獨不絕俗違時而竟超群出類，斯尤難能罕覯矣。其《自序》有曰：『其煉格也，自曹、鮑、陶、謝、李、杜、韓、蘇訖於晚近小家。』豈非明示愛古人而不薄近人哉。道廣用宏，與弢叔之昌言：『不喜有明至今五百年之作。』（符兆綸《卓峰堂詩鈔》弁首弢叔序，參觀謝章鋌《賭棋山莊文集》卷二《與梁禮堂書》）區以別矣。」[12]他還指出：「觀《人境廬輯外詩》，則知公度入手取徑。後來學養大進，而習氣猶餘，熟處難忘，倘得滄浪其人，或當據以析骨肉而還父母乎。」[13]

錢鍾書指出，清代乾隆、嘉慶以後，袁枚、趙翼、黃景仁、張問陶、郭麐、舒位諸家詩大行其道，匯合成風，造成了一種頗有影響的詩壇風氣，包括黃遵憲在內的嶺南詩人多受其濡染，晚年黃遵憲編定詩集時刪去、今存於《人境廬集外詩輯》中的早年作品，是最好的證明，由此即可見黃遵憲的詩歌創作與乾嘉以降詩壇風氣的密切關係。但是，黃遵憲的獨特之處在於，他臻致「不絕俗違時而竟超群出類」的境界，既與占主導地位的時代風氣、詩壇習尚取向相同，又能在此

11 錢鍾書：《中國詩與中國畫》，《七綴集》（上海市：上海古籍出版社，1985年），頁1。

12 錢鍾書：《談藝錄》（補訂本）（北京市：中華書局，1984年），頁347。

13 同上書，頁348。

氛圍之中出類拔萃、卓然獨步。另一方面，當時亦存在一些力圖矯正這種詩風的詩派，如以宋詩為旨趣的江湜等人，以及其後的為數眾多的同光體詩家，以王闓運、鄧輔綸為代表的漢魏六朝詩派等，這些流派實際上與黃遵憲詩歌創作之間也存在密切關聯，絕非如某些論者以為的那樣，或者絕對對立，或者毫不相關。《人境廬詩草・自序》是體現黃遵憲詩歌理論主張最集中的文字，在錢鍾書所引上文之後，黃遵憲還寫道：「不名一格，不專一體，要不失乎為我之詩。誠如是，未必遽躋古人，其亦足以自立矣。」[14]錢鍾書指出，黃遵憲此論乃是「明示愛古人而不薄近人」，「道廣用宏」，即是說，於古往今來眾多詩家，不存盲目的崇古卑今與門戶宗派之見，而具有「轉益多師」的胸襟器識，這是人境廬詩得以「超群出類」的關鍵所在。尤其是黃遵憲對於「晚近小家」的重視，與江湜的鄙薄明代以後之詩大不相同。

前輩和當代研究者如陳衍、錢仲聯等亦嘗從詩歌做法、取徑角度考察人境廬詩，頗有體會；但是錢鍾書所論多有堪稱獨到、發人所未發之論。最重要者有：其一，將人境廬詩置諸當時的詩壇風氣之中，結合當時不同詩歌流派之間的複雜關係，細緻深入地考察黃遵憲對前代重要詩家的繼承和發展，揭示他與當時各派重要詩人的深刻關聯；其二，指出黃遵憲早年詩歌風格與創作經歷對他一生詩歌創作的重要作用，強調考察《人境廬集外詩輯》對於研究全部人境廬詩的重要價值；其三，在對人境廬詩的獨到之處、特有價值給予充分肯定之基礎上，也指出其取徑、風格方面的某些局限或不足。

14 錢仲聯：《人境廬詩草箋注》卷首（上海市：上海古籍出版社，1981年），頁3。

二　與「詩界革命」之關係

在今見黃遵憲的所有著作中，找不到他號召「詩界革命」、表示直接參加「詩界革命」運動的文字，但繼梁啟超、胡適之後，幾乎所有的研究者都把黃遵憲看做是「詩界革命」的一面旗幟。關於黃遵憲與「詩界革命」的關係，錢鍾書所論，同樣值得深究。他說：「近人論詩界維新，必推黃公度。」[15]「蓋若輩之言詩界維新，僅指驅使西故，亦猶參軍蠻語作詩，仍是用佛典梵語之結習而已。」[16]他還指出：「梁任公以夏穗卿、蔣觀雲與公度並稱『詩界三傑』，余所睹夏蔣二人詩，似尚不成章。邱滄海雖與公度唱酬，亦未許比肩爭出手。」[17]

錢鍾書所說推重黃遵憲的「論詩界維新」者，當肇端於梁啟超與胡適，二人分別在所著《飲冰室詩話》和《五十年來中國之文學》中，集中闡發了這種見解。梁啟超對「詩界革命」的張揚和對黃遵憲的高度讚譽，影響尤為深遠，他的某些觀點至今仍常被引用。錢鍾書評論梁啟超宣導最力的「詩界革命」[18]時，與時人主要關注其以西學為武器的「創新」的考察角度異趣，而更加關注這一運動與中國詩歌傳統的關聯，指出他們的所謂「革命」，不過是在字面上驅使一些西方典故，與中國古典詩歌創作中使用「參軍蠻語」、「佛典梵語」的舊習慣並無二致。這實際上涉及到黃遵憲、梁啟超等人對西學的理解接受程度問題，下文還要述及。

梁啟超在《飲冰室詩話》中總結道，「詩界革命」的主旨就是

---

15 錢鍾書：《談藝錄》（補訂本）（北京市：中華書局，1984年），頁23。

16 同上書，頁24。

17 同上書，頁347。

18 筆者按：錢氏不云「詩界革命」，而稱「詩界維新」，其有意無意為之乎？

「獨闢新界而淵含古聲」[19]，「鎔鑄新理想以入舊風格」[20]，「以舊風格含新意境」[21]，或者「以新理想入古風格」[22]。同時，他也意識到，「當時所謂新詩者，頗喜撏扯新名詞以自表異」，「至今思之，誠可發笑」，「此類之詩，當時沾沾自喜，然必非詩之佳者，無俟言也」。[23]可見，錢鍾書所論，與梁啟超的意見並不矛盾。無論就當時「詩界革命」的理論主張來說，還是就「新派詩」的創作實績來說，這種觀點都更接近文學史的真相。

梁啟超曾在《飲冰室詩話》中推許黃遵憲、夏曾佑和蔣智由為「近世詩界三傑」或「近代詩家三傑」[24]，主要是就三人詩歌均具有「理想之深邃閎遠」的共同特點而言的[25]。錢鍾書從詩歌創作成就本身之高下出發評騭三人，認為夏、蔣二人的詩作「似尚不成章」，未足以與人境廬詩相提並論。這一點，與梁啟超所見大有異同，有深究之必要。與以上諸人同時的詩人丘逢甲，也深得梁啟超推許，稱之曰「天下健者」，「詩界革命一鉅子」。[26]丘逢甲對己詩也頗為自負，嘗對黃遵憲說：「二十世紀中，必有刻黃、丘合稿者」；「十年之後，與公代興」。[27]自謂其詩足以與人境廬詩媲美並傳之後世。柳亞子從宣傳民族獨立、民主革命的需要出發，甚至認為丘詩高於黃詩，其《論詩絕

19 梁啟超著，舒蕪校點：《飲冰室詩話》（北京市：人民文學出版社，1959年），頁1。

20 同上書，頁2。

21 同上書，頁51。

22 同上書，頁107。

23 同上書，頁49-50。

24 參見梁啟超著，舒蕪校點：《飲冰室詩話》（北京市：人民文學出版社，1959年），頁21、30。

25 同上。

26 梁啟超著，舒蕪校點：《飲冰室詩話》（北京市：人民文學出版社，1959年），頁30。

27 黃遵憲：《與梁任公書》，錢仲聯主編：《清詩紀事》第十八冊光緒宣統朝卷（南京市：江蘇古籍出版社，1989年），頁13327。

句六首》之五云：「時流競說黃公度，英氣終輸倉海君。戰血臺澎心未死，寒笳殘角海東云。」[28]錢鍾書持論與以上說法不同，認為丘黃二人雖然晚年鄉居時期多有唱和之作，這些作品至今留存於二人詩集之中；但就總體詩歌成就而言，嶺雲海日樓詩不及人境廬詩，丘難以與黃「比肩爭出手」。這一段文字，將人境廬詩與「詩界革命」中重要詩人夏、蔣、丘之詩相比較，從而突出了黃遵憲在此派詩人中其它人無法比肩的重要地位。筆者以為，錢鍾書此論與時人之論雖多有異同，卻不乏真知灼見，令人信服。它啟發和促使研究者以新的學術眼光，重新審視思考「詩界革命」的理論主張、發生過程以及該派詩人創作成就的有關問題，對於完整準確地把握近代詩歌的創作狀況與文學史的發展歷程，均具有深刻的啟發和指導意義。

時人談黃遵憲與「詩界革命」，少不得引黃遵憲「我手寫我口」[29]詩為證。這一做法由來已久，蓋由胡適發之。他曾說過：「他（引者按：指黃遵憲）對於詩界革命的動機，似乎起得很早。他二十多歲時作的詩之中，有《雜感》五篇，其二云：（引者按：即「我手寫我口」一首，詩略）這種話很可以算是詩界革命的一種宣言。末六句竟是主張用俗話作詩了。」[30]學術界對此亦有不同看法，如錢仲聯嘗指出：「公度《雜感》詩云：『我手寫吾口，古豈能拘牽。即今流俗語，吾若登簡編。五千年後人，驚為古斕斑。』此公度二十餘歲時所作，非定論也。今人每喜揭此數語，以厚誣公度。公度詩正以使事用典擅長。《錫蘭島臥佛》詩，煌煌數千言，經史釋典，瀾翻筆底。近體感

---

28 柳亞子：《磨劍室詩詞集》（上海市：上海人民出版社，1985年），頁216。

29 筆者按：或作「我手寫吾口」，實誤，參見本書《是「我手寫我口」，還是「我手寫吾口」》部分，此不贅述。

30 胡適：《五十年來中國之文學》，《胡適古典文學研究論集》（上海市：上海古籍出版社，1988年），頁116。

時之作，無一首不使事精當。」[31]

錢鍾書從另一角度對這一問題進行了分析：「學人每過信黃公度《雜感》第二首『我手寫吾口』一時快意大言，不省手指有巧拙習不習之殊，口齒有敏鈍調不調之別，非信手寫便能詞達，信口說便能意宣也。且所謂『我』，亦正難與非『我』判分。」[32]錢鍾書認為，學人對黃遵憲這種「快意大言」不宜過於相信，原因有二：其一，手有巧拙，口有敏鈍，手寫達意，口說意宣，並非易事；下筆就錯，開口即非，詞不達意，言不盡心，實在極為常見。在寫作或講話時，要真正做到得心應手，心口如一，左右逢源，即實現「我手寫我口」，實在是一種難以企及、異常高妙的藝術境界。這實際上涉及到藝術創作過程中，「心」與「手」、「口」之間，亦即藝術思維與語言表達之間微妙而複雜的關係問題。只要有創作活動，這一矛盾就不會消失，也無法奢望完滿地解決。這一問題的提出具有重大的理論意義。其二，從哲學角度和文學創作過程複雜性的角度來說，「我」與「非我」，自我與外物，主體與客體，在藝術思維與創作過程中密切相聯，膠著難分，交互作用，難以在二者之間劃出明確的界線，徹底地區分文學創作、藝術創造活動中的「我」與「非我」，實際上是不可能的。此一番論述使有關「我手寫我口」的討論提高到一個新的理論高度，價值重大。

三　對西學之接受及與西學之關係

黃遵憲青年時期即以關心時務、思想通達見稱，甚至受到晚清重

---

31 錢仲聯：《夢苕庵詩話》，（濟南市：齊魯書社，1986年），頁8。

32 錢鍾書：《談藝錄》（補訂本）（北京市：中華書局，1984年），頁206。

臣李鴻章的期許，稱之為「霸才」[33]。擔任外交官十幾年的海外經歷，進一步擴大了視野，使他成為晚清政壇一個識見超群、穩健務實的政治人物，也成為晚清詩壇一個較多地瞭解世界、較深刻地認識中國的傑出詩人。這一點，歷來為研究者所稱道，黃遵憲本人對此也不無自得之意。錢鍾書以其對中西古今文化的精湛瞭解，對近代以來中外文化交流的深入研究，就黃遵憲對西方文化的接受及心態、他的某些「新派詩」創作與西方文化學術的關係問題，進行了迥異於流俗的考索，得出了時人未見的全新結論。

錢鍾書說：「差能說西洋制度名物，掎摭聲光電化諸學，以為點綴，而於西人風雅之妙，性理之微，實少解會。故其詩有新事物，而無新理致。譬如《番客篇》，不過胡稚威《海賈詩》。《以蓮菊桃雜供一瓶作歌》，不過《淮南子．俶林訓》所謂：『槐榆與橘柚，合而為兄弟；有苗與三危，通而為一家。』查初白《菊瓶插梅》詩所謂：『高士累朝多合傳，佳人絕代少同時。』公度生於海通之世，不曰『有苗三危通一家』，而曰『黃白黑種同一國』耳。凡新學而稍知存古，與夫舊學而強欲趨時者，皆好公度。」[34]又說：「黃遵憲提倡洋務和西學，然而他作詩時也忍不住利用傳統說法；他在由日本赴美國的海船上，作了一首絕句：『拍拍群鷗逐我飛，不曾相識各天涯；欲憑鳥語時通訊，又恐華言汝未知。』試把宋徽宗有名的《燕山亭》詞對照一下：『憑寄離恨重重，這雙燕、何曾會人言語！』黃遵憲不寫『人言汝未知』，而寫『華言汝未知』，言外之意是鷗鳥和洋人有共同語言。」[35]

33 黃遵憲：《李肅毅侯挽詩四首》之四尾聯及自注云：「人哭感恩我知己，廿年已慨霸才難。（光緒丙子，余初謁公。公語鄭玉軒星使，許以霸才。）」見《人境廬詩草》卷十一（北京市：商務印書館，1931年），頁4。

34 錢鍾書：《談藝錄》（補訂本）（北京市：中華書局，1984年），頁23-24。

35 錢鍾書：《漢譯第一首英語詩〈人生頌〉及有關二三事》，《七綴集》（上海市：上海古籍出版社，1985年），頁122。

錢鍾書指出，黃遵憲在詩歌中所使用的西方「制度名物」、「聲光電化」等一新時人耳目的名詞術語和事物技術，不過是一種創作上的表面點綴；此類之詩，在本質上與西學並無深刻的關聯，倒是與中國古已有之的詩歌做法與文化觀念相近，或者說是這一古老傳統在近代中西交通之際的新發展；從對西方文化的態度這一角度考察，黃遵憲實際上只是在很外在、很淺顯的層面上瞭解和接受了西學，而對西方學術文化的深層內容、精髓真諦「實少解會」。因此，黃遵憲的某些使用西方名詞術語、運用近代外國新事物的詩歌，就形成了貌新而實舊、似西而實中的面目，在當時的文化背景和詩壇風氣之下，容易獲得廣泛的包容性和可接受性，能夠最大限度地適應當時各派人物的胃口，引起盡可能多的人們的共鳴。加上他詩歌其它方面的成就，於是就使得「新學而稍知存古，與夫舊學而強欲趨時者，皆好公度」。正是由於處在中西古今的交匯點上，才使黃遵憲及其詩歌在當時和後來發生了如此深廣的影響。這不僅揭示了黃遵憲詩歌創作取得成功、當時及身後詩名甚隆的奧秘，實際上指出了文化變遷之際與文化交流過程中的一種帶有規律性的現象。

尤其值得注意的是，錢鍾書並未如同很多論者那樣，僅根據字面的一二西方新名詞、筆端的少數近代新事物，就認定黃遵憲把握並且認同了西方文化，而是深入到黃遵憲的知識結構與文化心態，從更深的層面上探討他與西學的關係，可謂慧眼獨具。錢鍾書分析黃遵憲對西方文化的態度和接受西學時的文化心態，切中肯綮，這可與錢鍾書在另一處的論斷相發明。他曾引述黃遵憲的觀點道：「黃遵憲和日本人談話時說：『形而上、孔孟之論至矣，形而下、歐米之學盡矣。』又在著作裏寫道：『吾不可得而變者，凡關於倫常綱紀者是也。吾可以得而變者，凡可以務財、訓農、通商、惠工者皆是也。』」[36]黃遵憲

36 同上書，頁121。

這兩段話，前者見於日本人岡千仞所著《觀光紀遊》，收入《小方壺齋輿地叢鈔》第五帙，據記載黃遵憲在日本時常對日本友人這樣說，可見並非一時興到之語；後者見黃遵憲《日本國志·工藝志序》，原文作：「吾不可得而變革者，君臣也，父子也，夫婦也，凡關於倫常綱紀者是也。吾可得而變革者，輪舟也，鐵道也，電信也，凡可以務財、訓農、通商、惠工者皆是也。」[37]在這樣一種文化價值觀的驅動下，黃遵憲寫出「有新事物而無新理致」的詩篇，就不僅毫不足怪，而且幾乎可以說是必然的事情了。

錢鍾書還舉出黃遵憲錯誤地理解西方名詞之一例，可見黃氏對西學所知程度甚淺，甚至時出謬誤：「黃公度光緒二十八年《與嚴又陵書》論翻譯，有曰：『假「佛時仔肩」之「佛」而為「佛」，假視天如父、七日復蘇之義為「耶穌」，此假借之法也』；蓋謂『耶穌』即『爺蘇』，識趣無以過於不通『洋務』之學究焉。」[38]錢鍾書又指出「黃遵憲與嚴復書，釋『耶穌』之名為譯音而又寓意，偶重閱王闓運《湘綺樓詩集》，見卷九《獨行謠三十章贈示鄧輔綸》已有其說。『竟符金桂讖，共唱耶穌妖』，下句自注云：『「耶穌」非夷言，乃隱語也。「耶」即「父」也，「穌」，死而復生也，謂天父能生人也。』王望『穌』之文而生義小異於黃耳。」[39]黃遵憲與王闓運二人對「耶穌」二字的理解竟是這般大同而小異，這種現象也頗可深長思之。可見，錢鍾書此論的確抓住了黃遵憲對西方文化學術態度的關鍵。

筆者還想補充的是，與當時頗為盛行的西學中源論相關，黃遵憲從走出國門直至終老故里，始終認為中學乃是西學的淵源，一直相信

---

37 黃遵憲：《日本國志》卷四十《工藝志》，光緒十六年（1890年）羊城富文齋刊本，頁2。

38 錢鍾書：《管錐編》第四冊（北京市：中華書局，1986年），頁1461-1462。

39 同上書，頁114。

「凡彼之精微，皆不能出吾書。第我引其端，彼竟其委，正可師其長技」。[40]以至於西方的文明、民主觀念，以「生存競爭、優勝劣敗」為核心的生物進化論學說，地球為宇宙中之一圓球的學說，類人猿為人類祖先的學說，均早已大備於中國古籍之中[41]。這些情況均表明黃遵憲對西學的理解程度和他接觸西學時複雜微妙的文化心態。

在討論黃遵憲與西方文化學術之關係、對西學的接受與態度時，錢鍾書還將黃氏與近代中國另外兩位引進西學甚力的學者、又同是著名詩人的嚴復、王國維作了比較，從而對黃遵憲及其詩歌，乃至西學東漸過程中的某些問題作了進一步的探討。錢鍾書說：「嚴幾道號西學鉅子，而《愈懋堂詩》詞律謹飭，安於故步；惟卷上《復太夷繼作論時文》一五古起語云：『吾聞過縊門，相戒勿言索』，喻新句貼。餘嘗拈以質人，胥歎其運古入妙，必出子史，莫知其直譯西諺 Il ne faut pas parler de corde dans la maison dun pendu 也。點化鎔鑄，真風爐日炭之手，非『喀司德』、『巴立門』、『玫瑰戰』、『薔薇兵』之類，恨全集只此一例。其它偶欲就舊解出新意者，如卷下《日來意興都盡、涉想所至、率然書之》三律之『大地山河忽見前，古平今說是渾圓。逼仄難逃人滿患，炎涼只為歲差偏』；『世間皆氣古常雲，汽電今看共策勳。誰信百年窮物理，反成浩劫到人群』。直是韻語格致教科書，羌無微情深理。幾道本乏深湛之思，治西學亦求卑之無甚高論者，如斯賓塞、穆勒、赫胥黎輩；所譯之書，理不勝詞，斯乃識趣所囿也。老輩惟王靜安，少作時時流露西學義諦，庶幾水中之鹽味，而非眼裏之

40 黃遵憲：《日本雜事詩》卷一第五十四首自注，錢仲聯：《人境廬詩草箋注》附錄（上海市：上海古籍出版社，1981年），頁1113。

41 參見北京圖書館善本組整理《黃遵憲致梁啟超書》，《中國哲學》第八輯（北京市：生活·讀書·新知三聯書店，1982年），頁395-396。本書《黃遵憲的中西文化觀與文化心態》部分對此亦有申論，可參看，此不贅述。

金屑。其《觀堂丙午以前詩》一小冊，甚有詩情作意，惜筆弱詞靡，不免王仲宣『文秀質羸』之譏。古詩不足觀；七律多二字標題，比興以寄天人之玄感，申悲智之勝義，是治西洋哲學人本色語。佳者可入《飲冰室詩話》，而理窟過之。」[42]他又說：「余稱王靜庵以西方義理入詩，公度無是，非謂靜庵優於公度，三峽水固不與九溪十八澗爭幽茜清泠也。」[43]

無論從哪一角度說，嚴復對於西學的體察與瞭解都要比黃遵憲深切一些，對後世影響之深遠亦非黃氏所可比。雖則如此，錢鍾書還是指出嚴復「本乏深湛之思，治西學亦求卑之無甚高論者」的局限。就詩歌來說，嚴復的大多數作品還是限於傳統的思想，運用舊有的形式；至於那些以西方新事物入詩的篇章，除一首「直譯」西諺者堪稱佳作外，其它只不過是當時西方的某些科學知識和新鮮事物的韻語記錄，僅限於表面的新奇穎異，並無深摯之情與精微之理寓於其中，錢鍾書謂之曰「韻語格致教科書，羌無微情深理」。也就是說，這類作品，較之黃遵憲、夏曾佑、蔣智由、譚嗣同等的「新派詩」，並不見得高明多少。在黃遵憲同時或稍後，只有王國維把握了西方哲學的奧義真諦，並能夠在詩歌創作中做到運新入陳，將西方新思想、新觀念用中國古典詩歌的舊形式表現出來，自然高妙，不露痕跡，臻致化境，如鹽入水中，得其味而不見其跡；非如金屑入眼，見其彩卻不能相容。另一方面，錢鍾書又強調指出，他這樣說並非就是認為靜庵詩優於人境廬詩，非並僅以此一點為標準評騭二人之高下，而是說王黃二家之詩，各有姿態，各具風貌，因而也就各有獨特的價值和地位。由此即可見錢鍾書學術思想的圓融周詳與辯證特色。

---

42 錢鍾書：《談藝錄》（補訂本）（北京市：中華書局，1984年），頁24。

43 同上書，頁347-348。

四　關於《日本雜事詩》

《日本雜事詩》對研究黃遵憲的詩歌成就和政治學術思想極為重要，黃遵憲對之也相當滿意，甚至不無自得之情，嘗有詩云：「海外偏留文字緣，新詩脫口每爭傳。草完明治維新史，吟到中華以外天。」[44]歷來評論者對《日本雜事詩》也像對《日本國志》一樣，給予高度讚譽。錢鍾書說：「《日本雜事詩》端賴自注，櫝勝於珠。假吾國典實，述東瀛風土，事誠匪易，詩故難工。如第五十九首詠女學生云：『捧書長跪藉紅氈，吟罷拈針弄繡襦。歸向爺娘索花果，偷閒鉤出地球圖。』按宋芷灣《紅杏山房詩草》卷三《憶少年》第二首云：『世間何物是文章，提筆直書五六行。偷見先生嘻一笑，娘前索果索衣裳。』公度似隱師其意，扯湊完篇，整者碎而利者鈍矣。」[45]

錢鍾書認為，《日本雜事詩》借中國傳統的典章事物、舊有的藝術形式來表現日本風土人情，反映日本近代的新風尚，二者本來就難以結合得天衣無縫，這種努力誠非易事，詩也就難以作得工穩了。因此，就造成了這樣的情形：詩歌本身不如對詩歌進行說明解釋的自注重要，詩也反不如注寫得精彩，竟出現了「櫝勝於珠」的有趣現象。錢鍾書還舉宋湘的一首詩與一首《日本雜事詩》作了比較，認為黃遵憲此詩不無宋湘詩的影響，但是從詩歌的結構、形象、意趣等方面看，黃詩都不及宋詩。

談到黃遵憲詩，周作人曾發表過如下的意見：「我又覺得舊詩是沒有新生命的。他是已經長成了的東西，自有他的姿色與性情，雖然不能盡一切的美，但其自己的美可以說是大抵完成了。……若是託詞

---

44 黃遵憲：《奉命為美國三富蘭西士果總領事留別日本諸君子》，《人境廬詩草》卷四（北京市：商務印書館，1931年），頁1。

45 錢鍾書：《談藝錄》（補訂本）（北京市：中華書局，1984年），頁348。

於舊皮袋盛新蒲桃酒，想用舊格調去寫新思想，那總是徒勞。」[46]周作人又說：「黃君對於文字語言很有新意見，對於文化政治各事亦大抵皆然，此甚可佩服，《雜事詩》一編，當作詩看是第二著，我覺得最重要的還是看作者的思想，其次是日本事物的紀錄。這末一點從前也早有人注意到，如《小方壺齋輿地叢鈔》中曾鈔錄詩注為《日本雜事》一卷，又王之春著《談瀛錄》卷三四即《東洋瑣記》，幾乎全是鈔襲詩注的。」[47]周作人的評論角度與錢鍾書大不相同，二人在其它方面也難以相提並論，但從上引二人論述《日本雜事詩》的文字中，卻可以發現其中不無相近的觀點，這一現象也頗可玩味。

五　黃遵憲詩本身及其整理研究中的若干問題

錢鍾書嘗別具手眼地指出：「《張裕》（出《三國志》或《啟顏錄》）饒須，劉先主嘲之曰：『諸毛繞涿居。』按此穢褻語；……要不外乎下體者是。詩人貪使故實而不究詁訓，每貽話把笑柄。如林壽圖《黃鵠山人詩鈔》卷一《曹懷樸先生縣齋燕飲》：『使君半醉撚髭鬚，惜少繞涿諸毛居。』無知漫與，語病而成惡謔矣。黃遵憲《人境廬詩草》卷四《逐客篇》：『招邀盡室至，前腳踵後腳，抵掌齊入秦，諸毛紛繞涿。』乃作族姓地名用，無可譏彈；卷五《春夜招鄉人飲》：『子年未四十，鬑鬑須在頰，諸毛紛繞涿，東塗復西抹。』則與林詩同謬。」[48]這裏，錢鍾書運用訓詁學的方法，指出黃遵憲（還有林壽圖）詩中的一處用典錯誤。

錢鍾書說：「錢君仲聯箋注《人境廬詩》，精博可追馮氏父子之注

46 周作人：《人境廬詩草》，《秉燭談》（長沙市：嶽麓書社，1989年），頁43。

47 周作人：《日本雜事詩》，《風雨談》（長沙市：嶽麓書社，1987年），頁104-105。

48 錢鍾書：《管錐編》第二冊（北京市：中華書局，1986年），頁736。

玉溪、東坡，自撰《夢苕庵詩話》，亦摘取餘評公度『俗豔』一語，微示取瑟而歌之意。」[49]錢仲聯《人境廬詩草箋注》共有四種版本：一為商務印書館1936年11月本，二為古典文學出版社1957年9月本，三為上海古籍出版社1981年6月本，四為中國青年出版社2000年7月本。錢鍾書不曾見到最後一種版本的出版，他此處稱道者當為第三種本子，認為此書之精深博恰可追比清代馮浩《玉谿生詩評注》、《樊南文集詳注》和馮浩之子應榴《蘇文忠公詩合注》，對錢仲聯箋注人境廬詩予以極高的評價。同時，錢鍾書也提及所評黃遵憲詩「俗豔」一語嘗引起錢仲聯的不同意見。齊魯書社1986年3月版《夢苕庵詩話》似未見對「俗豔」一說發表評論的文字，但是從另一段文字依然可見錢仲聯對黃遵憲詩的總體評價：「人境廬詩，論者毀譽參半，如梁任公、胡適之輩，則推之為大家。如胡步曾及吾友徐澄宇，以為疵累百出，謬戾乖張。予以為論公度詩，當著眼大處，不當於小節處作吹毛之求。其天骨開張，大氣包舉者，真能於古人外獨闢町畦。撫時感事之作，悲壯激越，傳之他年，足當詩史。至論功力之深淺，則晚清做宋人一派，盡有勝之者。公度之長處，固不在此也」；「今日淺學妄人，無不知稱黃公度詩，無不喜談詩體革命。不知公度詩全從萬卷中醞釀而來，無公度之才之學，決不許談詩體革命」。[50]

錢鍾書亦嘗指出錢仲聯所撰《人境廬詩草箋注》的一處疏漏：「《全齊文》卷二二顧歡《夷夏論》：『夫蹲夷之儀，婁羅之辯，各出彼俗，自相聆解，猶蟲歡鳥聒，何足述效？』……『婁羅』有數義，黃朝英《緗素雜記》卷八、郎瑛《七修類稿》卷二三、黃生《義府》卷下皆考釋之，而以沈濤《瑟榭叢談》卷下最為扼要，所謂一『幹事』、二『語難解』、三『綠林徒』。顧歡文中『婁羅』，正如沈所引

49 錢鍾書：《談藝錄》（補訂本）（北京市：中華書局，1984年），頁347。
50 錢仲聯：《夢苕庵詩話》（濟南市：齊魯書社，1986年），頁161-162。

《北史・王昕傳》語，均『難解』之意。黃遵憲《人境廬詩草》卷一《香港感懷》第三首（引者按：據上海古籍出版社1981年版《人境廬詩草箋注》當為第四首）：『盜喜逋逃藪，兵誇曳落河；官尊大呼藥，客聚眾婁羅。』時人《箋注》引顧歡此論，非也，第四首（引者按：據上海古籍出版社1981年版《人境廬詩草箋注》當為第五首）：『夷言學鳥音。』或可引顧歡語為注耳。『客』、『眾』而曰『婁羅』，得指幹事善賈之商客，然此句與第一句『盜』呼應，則指綠林豪客為宜。蓋第四句承第一句，猶第三句言總督之承第二句言兵，修詞所謂『丫叉法』，詳見《毛詩》卷論《關雎・序》、《全上古文》論樂毅《上書報燕王》。『官尊大呼藥』句黃氏自注：『官之尊者，亦號「總督」。』箋注者未著片言，蓋不知《周書・盧辯傳》、《北史・盧同傳》載北周官制有『大呼藥』、『小呼藥』、『州呼藥』等職，黃氏取其名之詭異也。」[51]

《人境廬集外詩輯》將當時所知《人境廬詩草》、《日本雜事詩》以外黃遵憲的全部詩歌搜集到一起，對於保存文獻資料、全面深入地研究黃遵憲及其創作頗有價值。錢鍾書以其獨特的學識，指出此書的某些疏誤：「輯者不甚解事。如《春陰》七律四首，乃腰斬為七絕八首；《新嫁娘詩》五十一首自是香奩擬想之詞，『閨豔秦聲』之屬，乃認作自述，至據公度生子之年編次。此類皆令人駭笑，亟待訂正。」[52]《人境廬集外詩輯》在所錄《春陰》後加說明曰：「此詩凡八首，由黃遵庚先生鈔寄，今據錄。題下原注『丁卯』（公元一八七六年）。」[53]現將這四首七律錄出如下[54]：（1）「一帶園林盡未真，輕雲

51 錢鍾書：《管錐編》第四冊（北京市：中華書局，1986年），頁1329-1330。

52 錢鍾書：《談藝錄》（補訂本）（北京市：中華書局，1984年），頁348。

53 北京大學中文系近代詩研究小組編：《人境廬集外詩輯》（北京市：中華書局1960年），頁7。

54 筆者按：詩前序號為筆者所加；詩中「□」處為原詩所缺之字。

如夢雨如塵。空庭簾卷猶疑暝，遠樹花迷不見春。積潤微生虛白室，浪遊□誤踏青人。今年花柳都無色，似聽梁間語燕瞋。」（2）「一春光景總成陰，省識天公醞釀心。燕子不來庭悄悄，鳥兒徐爇晝沉沉。漫天紅雨飛無跡，隔水朱樓望轉深。還是去衣還是酒，今番寒事費沉吟。」（3）「乞來不是好風光，悔向東皇奏綠章。輕暖輕寒無定著，成晴成雨費評量。半是柳絮吹無影，一樹梨花靜有香。怪底雞鳴驚午夢，起來翻道曉風涼。」（4）「近連小苑遠前灣，總是重陰曲曲環。畫境要參濃淡格，雲容都在有無間。對花□□人何處？中酒情懷境大閒。為倩笛聲吹喚起，一彎新月上前山。」

《新嫁娘詩》為黃遵憲早期作品，具體寫作時間已難確考，多年來亦極少有人注意及之。《人境廬集外詩輯》將其編次於《長子履端生》之後，並在詩後加說明云：「詩中有『報產麟兒』之句，疑當作於『長子履端生』一詩的同時，故編次於此。」[55]錢鍾書認為，此詩並非如集外詩的編者所說是作者婚姻生活的「自述」，乃是「香奩擬想之詞，閨豔秦聲之屬」，是基於想像而生發的藝術創造。也就是說，錢鍾書寧願將此類之作真正作為「詩」來讀，而不主張將詩中所寫與詩人經歷對號入座，更無興趣從中猜測鉤稽作者的什麼生平佚事與婚戀秘史。[56]

總之，錢鍾書對黃遵憲其人其詩的論述，涉及黃遵憲研究的許多重要問題，有不少觀點遠較前賢或時人深刻，使人不能不折服，也有不少發人之所未發的新見，顯示出他洞明入微的器識。錢鍾書不以專

55 北京大學中文系近代詩研究小組編：《人境廬集外詩輯》（北京市：中華書局，1960年），頁12。

56 筆者按：關於錢鍾書對《人境廬集外詩輯》的批評，多年後，當年主持編校該書的吳小如嘗作《就〈人境廬集外詩輯〉答錢鍾書先生》一文，以當事人身份披露了當時的有關情況，極可注意。見吳小如《書廊信步》（瀋陽市：遼寧教育出版社，1995年），頁245-247。

門研究「黃學」而名家，但他對黃遵憲研究的最大貢獻是使人境廬詩的研究回歸到「詩」的文本本身，回歸到清中葉至晚清時期的詩壇風氣之中，回歸到文學史的過程之中，從而對由來已久、至今盛行的無法進入文體內部的詩歌研究與文學研究，對那些盛行已久的簡單化、程序化的文學批評方法以及庸俗社會學的傾向，構成了一種有力的反撥。

錢鍾書論黃遵憲的文字，還涉及到文學研究與文學批評中的某些理論的、方法論的問題。錢鍾書論說人境廬詩運用的思想方法，如關注時代風氣與作家創作之間的複雜關係，考察不同文學流派之間的深刻關聯，通覽中外古今的比較方法，融通文學與哲學、語言學及其它學科的努力，等等，都為研究者樹立了可資借鑒的典範。這種方法論的啟示是最深刻的，也是最珍貴的。這對黃遵憲研究者、對近代詩歌研究者，乃至對所有的文學批評、文學史研究者來說，都是可貴的啟迪和深刻的教益。

因此，錢鍾書論述黃遵憲詩得出的具體結論固然值得重視，而他的思想方法與文學史觀則具有更為普遍、更為長久的學術價值。僅就黃遵憲研究而言，也完全可以認為，錢鍾書在黃遵憲研究學術史上，是個性非常鮮明、貢獻十分突出的大家，理當佔有極為重要的地位。

闡釋的偏差及其思考

——《戒浮文巧言諭》的評價問題

中華人民共和國成立以來的中國近代文學研究，經過了席卷整個學術界乃至全國每個角落的風風雨雨。儘管它步履蹣跚，跌跌撞撞，但還是在默默地向前行進著。這個領域至今仍是中國文學研究中最為薄弱的環節，有著大片未開墾的處女地。即使是那些已經有人涉獵的領地，也存在著許許多多的盲點，諸多的分歧。在當下的學術氛圍之下，仍有反思的必要。因為不知道過去，就不會更好地認知未來。茲擬就關於《戒浮文巧言諭》的評價問題，反思已經走過的路程，著重指出其中的偏頗，提出一己的管見，並試圖探討造成這種失誤的原因。

一　問題的提出

太平天國辛酉十一年（清咸豐十一年，1861）洪仁玕、李春發和蒙時雍聯名發佈的《戒浮文巧言諭》[1]，被寫入中華人民共和國成立後出版的多種中國文學史、中國文學批評史和有關工具書。關於這篇文告的評價問題，似乎尚未引起什麼紛爭，但對它的不同認識卻是明顯地存在並默默地發展著。

從筆者翻閱的有關評論來看，可以將在這一問題上的分歧概括為如下兩種意見：一是認為這是一篇文學理論著作，為簡便起見，筆者

1　筆者按：此文告原無標題，此名係羅爾綱所加，後遂被普遍接受。

姑稱之為「文學說」；一是認為這是一篇文章學著作，為稱謂方便，筆者且稱之為「文章說」。二者之中，前者的聲勢和影響是如此的強大，明顯地成為關於這篇文告評價的主導性意見。總括一下持「文學說」的論著，可以看到如下的評論方式和結論：

> 在內容方面，它提出了「文以紀實」的現實主義寫作原則；在形式方面，提倡通俗明曉的語言文字；它是中國農民階級所提出的第一篇完整的文論，直接反映了廣大群眾的要求；是對當時統治清代文壇的桐城派和一切封建文學的有力衝擊，動搖了幾千年來封建文學的基礎；對以後的資產階級文學運動有很大影響；是對近代文學發展的一大促進，為中國近代文學指出了新方向。[2]

從學術反思與評價的角度來看，除當注意上述著作採取的評價標準、提出的主要觀點之外，還必須注意這些評價產生的學術背景，甚至政治文化背景以及這些著作的出版時間。知人論世的原則在學術史評價與反思中也是應當堅持的一種態度。

相對於「文學說」的聲勢浩大來說，「文章說」則顯得有些勢單力孤、寡不敵眾了。此說可以《中國古代文學理論辭典》為代表，該書「戒浮文巧言諭」條有云：

---

2 參見陳則光：《中國近代文學史》上冊（廣州市：中山大學出版社，1987年）；郭紹虞主編：《中國歷代文論選》第四冊（上海市：上海古籍出版社，1980年）；羅爾綱：《太平天國詩文選．序》（北京市：中華書局，1960年）；王運熙、顧易生主編：《中國文學批評史》下冊（上海市：上海古籍出版社，1985年）；葉易：《中國近代文藝思想論稿》（上海市：復旦大學出版社，1985年）。筆者此處集中概括了上述各家的主要觀點，並非說各家的觀點完全一致。欲悉詳情，可參考上述各書。

> 這篇文告主要是對太平天國各級政權的「奏章文諭」、「文移書啟」一類的應用公文說的，要求進行文體改革。在內容方面，提倡「文以紀實」、「言貴從心」、「實敘其事」。所敘事情的時間、地點、經過，都要「語語確實」，達到「合天情」、「符真道」的政治要求，為宣傳貫徹太平天國的政治服務。反對那些空話連篇的「浮文巧言」，即洪仁玕在同年寫的《軍次實錄》中所要求的那樣：「語皆確實，義皆切實，理皆真實」強調公文內容的真實性。在形式方面，提倡「樸實明曉」、「使人一目了然」的語體文，反對那種嬌豔虛浮、阿諛奉陳（引者按：「陳」係「承」之誤）的文風，禁止使用「龍德龍顏」、「鶴算龜年」等陳詞濫調，並排斥「古典之言」。主張用淺近、質樸、通俗易懂的語言來表達內容。文告中提出的這些意見和措施是積極的，符合太平天國農民革命的要求，反映了他們掌握政權後，想要逐步佔領文化領域的願望。這對當時直接影響應用公文文體的桐城派古文和八股文是一次大的衝擊，對改革當時的文風和後來資產階級改良派所宣導的「文界革命」都是有影響的。[3]

可見，「文學說」和「文章說」的存在是客觀的事實，二者之間的分歧也顯而易見。視之為文學理論批評著作和視之為文章學著作之間的區別絕非無關大局，二者之間的不同也不能說是微不足道，我們指出二者的存在和彼此之間的分歧似乎也不能算做虛張聲勢了。同時，從上文中也可以看到兩種說法的共同點，即都認為《戒浮文巧言

---

3 趙則誠、張連弟、畢萬忱主編：《中國古代文學理論辭典》（長春市：吉林文史出版社，1985年），頁292。

諭》在當時和以後都發生了重要的影響，對桐城派古文和一切封建文學是一次有力的衝擊，對以後的資產階級文學改良運動有著明顯的影響。存在著重大分歧的「文學說」和「文章說」，在這一點上卻不謀而合了。這一點恰恰關涉到這篇文告在中國近代文學史和中國近代文學批評史上的地位問題，也恰恰是關於這篇文告之評價的根本性問題。

二　討論與評價

筆者之所以不厭其詳地引錄《中國古代文學理論辭典》「戒浮文巧言諭」條的釋文，是因為認為它的闡釋較之「文學說」的評價具有更多的合理性和可信性。

只要不帶任何先驗的成見，不帶任何預定的框框，不作任何牽強附會地研讀《戒浮文巧言諭》，就可以認識到這是一篇強調文章的內容和形式都必須符合太平天國的政治實用目的的文告，而不會得出這是一篇文學理論批評著作的結論。「文以紀實」、「奏章文諭」等文告中共出現七次的「文」字，或指文章、公文，或指文人、文才，而無一可解作文學。「文以紀實」、「實敘其事」之「實」，亦指真實、如實而言，只是強調公文的實用性、真實性，與文學上的現實主義創作方法風馬牛不相及。通篇文告談的是「本章稟奏，以及文移書啟」等應用文體的內容與形式上的文風要求，而從未言及文學作品的內容和形式。這一點不需再作過多的論述，只要認真地客觀地多讀幾遍原文便可一清二楚。因此，認為這是一篇文學理論批評著作、提出了現實主義的寫作原則、要求文學內容與形式的革新等一系列結論都是無法站得住腳的。因此，可以說「文學說」實際上成了無源之水，無本之木，是對這篇並不難懂的普通文告的錯誤理解和過度闡釋。

認為「文章說」有較大的合理性，並不是完全同意了《中國古代文學理論辭典》中「戒浮文巧言諭」條目的詮釋。就「文章說」與「文學說」的分歧而言，筆者基本上同意「文章說」的觀點，而對二者的共同之處，筆者則一併反對。

關於這篇文告在當時的影響，無論是「文學說」還是「文章說」的評論，都是不切實際的。眾所週知，桐城派是清代最大的一個文學流派，其影響之深遠，波及之廣泛，是中國文學史上少見的現象。對這一文學流派的評價，非此處所能多涉及，但必須指出的是，它並非像有的論著說的那樣一無是處。桐城派前後延續了二百多年時間，儘管其前期與後期發生了很大的變化。它的巨大影響力已足以證明其存在的合理性。此外，還有所謂的「封建文學」（這個名稱本身就是不科學的，大概是指那些消極傾向比較明顯的流派和作家吧，這裏暫不多談），它們也自有價值，否則歷史上就不會有其位置。這既是一種偶然同時也是一種必然。可以說，桐城派在清代文壇上的影響是其它任何流派都無法企及的。它與其它流派之間雖互有紛爭，互有攻詰，但從總體上來說，它們一同構成了一種強大的力量，成為傳統文學思想的繼承者。它們的根基性地位和廣泛影響是不易動搖的。

為了有助於認識《戒浮文巧言諭》真實的影響，可以再簡單回顧一下太平天國的若干情形。咸豐元年（1851）金田起義後，太平軍北上，勢如破竹。咸豐三年（1853）直取江蘇大部，並定都天京。緊接著就是北伐和西征，再就是內部的矛盾和天京城的保衛戰。隨後則發生了太平軍與湘軍等國家軍事力量的多次拉鋸戰，經歷了此消彼長、或盛或衰的過程，總體趨勢當然是以曾國藩為代表的政府力量的迅速壯大並漸顯優勢和以洪秀全為首領的起義造反者的逐漸衰弱直至無力迴天。到同治三年（1864），這個僅宛如曇花一現的短命的農民政權就由於內部的相互猜忌和自相殘殺，由於清政府與西方列強的聯合絞殺而土崩瓦解，徹底滅亡了。

從金田起兵到天京陷落，其間十四年，太平天國存在期間的絕大部分時間裏，都是處於戰火紛飛、風雨飄搖之中，戰爭是他們的首要任務，他們把一切都捆在了隆隆的戰車上。太平天國沒有發佈過系統的文學理論和文章學理論，雖然除了這篇文告之外，洪仁玕在《軍次實錄》中還有部分論述，洪秀全等也有類似的言論。太平天國在文學創作上也沒有取得什麼具有較高文學價值或可以稱道的成就。如果除去他們文學創作內容的政治傾向性，就太平天國的文學成就而言，其絕大多數作品，包括洪秀全本人的作品，並不比張打油的詩高明多少。這種情況，當太平天國開國之際，在那樣腥風血雨的局勢下，是正常的現象，可以理解，這大概也是必然的。大凡戰亂中產生的文學（如果那還可以稱之為文學的話）都是如此。如果這時候他們還能夠滿懷閒情逸致、興趣盎然地在那裏大談文學創作和文學理論，大肆吟風弄月，歌舞昇平，反倒是不可思議的事情，反倒成了歷史的滑稽戲。

太平天國失敗之後，清王朝雖然已經江河日下、日暮途窮，但這座搖搖欲墜的大廈仍然勉強支撐著。滿清政府當然不能讓太平天國的政治文化主張謬種流傳。因此，即使是在太平天國的鼎盛時期，《戒浮文巧言論》以及太平天國的一切文化主張，也只是限於在他們的勢力範圍之內發生有限的影響，而並不能越雷池一步。即使是在太平天國的統治區內，在那些文化層次低得非常可憐的民眾當中，其影響事實上究竟能有多大，也是不宜過高、過於樂觀地估計的。那時的文士儒生，幾乎全是傳統教育模式和文化觀念造就的，儘管太平天國對他們採取安撫的政策，他們也不會對此喜聞樂見，亦步亦趨。而那些目不識丁的農民及婦孺們，則完全不可能對《戒浮文巧言論》之類的東西有什麼深刻的理解。從文化接受與理解的角度說，這些文告與他們了無干係。認識到這樣的歷史背景和文化條件，就可以認識到後來的一些著作大講《戒浮文巧言論》如何打擊了桐城派古文等等一切「封建文學」，如何改變了當時的文風，發生了重大的影響，甚至動搖了幾千年來封建文學的基礎，顯然都是不切實際的主觀臆想，毫無可信性與學術性可言。

另一方面，傳統文學在這一時期仍然穩居根本性的地位，仍然擁有雄厚的勢力並發生著廣泛的影響。由於曾國藩等的積極宣導和努力實踐，桐城派古文仍然出現了「中興」的局面，宋詩派、同光體、漢魏六朝詩派等依然活躍於文壇，絕非一篇簡短的《戒浮文巧言諭》所能摧毀得了的。「封建文學」與傳統史學、哲學等構成了一個強大的超穩定系統，以至於五四運動時期聲勢浩大的思想啟蒙運動，都沒能夠徹底完成反封建的任務，留給了今天的人們去繼續完成，繼續做出艱苦的努力。既如此，怎麼能想像並相信這篇文告「動搖了幾千年來封建文學的基礎」呢？

從《戒浮文巧言諭》發佈者的主觀願望來看，他們當然希望所有的人都「切不可仍蹈積習」，希望這篇文告的影響和勢力越大就越好，希望他們的子民和追隨者多多益善，以鞏固從未穩定過的太平天國政權。但是，進行文學史、文學批評史研究時，描述歷史的主要根據當然不是作者、批評者的主觀願望。因此，這篇文告乃至太平天國的所有文化主張，都不可能對封建社會的文學和文化造成什麼重大的衝擊，對桐城派、宋詩派和其它傳統詩文流派也不能構成什麼重大的威脅。在中國近代文學史和批評史上，《戒浮文巧言諭》之類的文告只能是流星一閃，然後就永遠消逝在歷史的長夜之中了。

關於《戒浮文巧言諭》與其後的資產階級文學改良運動的關係問題，論者只講它促進了資產階級的文學改良運動，在中國近代文學批評史上佔有重要的地位，為中國近代文學指出了新的發展方向，等等。諸如此類的認識也是誇大其辭毫無根據。

可以簡單看一下近代資產階級文學改良運動的基本情況。近代資產階級改良派的政治活動有一個醞釀發展的過程，至光緒二十四年（1898）達到了高潮，同時也就迅速走向了衰落。文學改良運動也是作為政治改良運動的一個組成部分，作為政治改良的一種工具而出現的。所以，文學改良運動與政治改良運動有著密不可分的聯繫，改良派的文學觀與他們的政治觀也無法截然分開。在資產階級文學改良運動中，以梁啟超、康有為、譚嗣同、蔣智由、裘廷梁、黃遵憲、夏曾佑、嚴復等為代表的大批改革之士共同匯合成一股潮流，在詩界、文界和小說界，文學改良運動都出現了興旺的局面，與政治改良運動相呼應。在提高文學的地位方面，在強調文學與政治的關係方面，在注重文學作為政治改革的宣傳鼓動工具方面，在文學的大眾化與通俗化方面等，文學改良運動都取得了可觀的成績。一時之間，「新派詩」、「新文體」和「新小說」紛紛出現。但必須指出，這一運動由於帶有過於濃重的政治運動色彩，有時由於為了矯枉而有意過其正，不免出現了明顯的理論偏頗。總的說來，資產階級文學改良運動在中國近代文學史、文學批評史上發生了重大影響，引人注目。

儘管如此，這次文學改良運動畢竟是資產階級發動和領導的，它的宣導者和主要參與者們畢竟是帶著強烈的封建色彩的資產階級政治家和文學家。他們帶著極強的實用功利目的去宣導文學革新，實際上是強調文學為我所用。他們沒有辦法超越自己的階級局限和時代範圍，後人也不應作如是的苛求。而且，當資產階級文學改良運動的蓬勃興起和蔚為大觀的時候，時間已經過去了三四十年，太平天國的硝煙早已散盡，這一事件也已煙消雲散。這時中國的統治者仍然是外國帝國主義操縱之下的滿清政府，而不是信奉天父天兄的太平天國首領。那篇當時有可能四處發佈、到處張貼過的《戒浮文巧言諭》，早已隨著太平天國的徹底失敗而沉入歷史的深潭，人們特別是從事文學理論宣導和文學創作實踐的資產階級文學家們，再也不會記起這篇在當時也未必真正被人們普遍重視的普通文告，不論在意識層次上還是在潛意識層次上均是如此。

因此，無論從思維邏輯的角度來看，還是從歷史事實的角度來看，太平天國的這些文化主張、政策、文告等都絕無可能成為資產階級政治家、文學家們的心理積澱物。況且，僅從表層來看，近代資產階級文學改良運動的宣導者和實踐家們不可能順利認同並欣然接受太平天國的思想影響，他們甚至對這篇文告及諸如此類的文字抱有一種本能的鄙夷和敵視。退一步說，即使他們能夠邁出實際上無法邁出的這一步，心甘情願地向太平天國的這些文告學習，願意接受其影響，這些東西也的確沒有什麼更多的值得學習之處，更不具備影響資產階級文學改良運動的大力神功。實際上，資產階級文學革新運動的宣導者、組織者們把學習效法的目光投向了東方的日本和西方的列強，而從來沒有把注意力集中於太平天國的殘骸之上。

總之，當時既不具備太平天國的文化主張影響資產階級文學改良運動的可能性和必然性，也沒有任何材料可以證明這種影響已經發生的事實。那麼，論者斷言《戒浮文巧言諭》對後來的資產階級文學改良運動發生了影響並有明顯促進的根據是什麼呢？認為《戒浮文巧言諭》是對中國近代文學發展史的一大促進，為中國近代文學的發展指出了新的方向，等等，就更加讓人感到不著邊際甚至不知所云了。

可以這樣說：無論是「文學說」還是「文章說」，對這篇《戒浮文巧言諭》的闡釋和評價都失之偏頗。如果說《中國古代文學理論辭典》的解說尚有相當大的部分是比較客觀的，尚可接受的話，那麼，「文學說」論者的理解和評價則存在著更大的謬誤和附會之處。給古人穿上了摩登的時裝，看上去的確令人耳目一新，使人心生戚戚，但那是今人自己的創作，再不是歷史原貌本身。「文學說」的評論，更多地讓古人適應今人，而不是讓自己以求真求實的態度去考察和認識研究對象。他們的主觀色彩過於濃重，將研究對象任意驅使，以至於使其喪失了應有的獨立地位。筆者這樣說，並無深責持此論者之意。實際上，這種情況的出現，有著相當複雜的政治文化原因，主要乃是時代氛圍對學術的干預和影響使之然，雖然研究者對這種情況的出現也難辭其咎。

筆者以為，《戒浮文巧言諭》不是一篇文學理論批評著作，至於由此而生發出來的一切讚揚之詞，就更是不切實際的了。《戒浮文巧言諭》至多只能算是一篇提出了一點文章（主要是應用性公文）內容和形式要求的文告而已。在中國近代文學史和批評史上，它不應該也不可能佔有什麼重要的地位，對後來資產階級的文學改良運動也沒有形成任何影響，更不必談有什麼積極的影響了。它只是一篇反映了太平天國領導者極其一般的文化水準、代表了他們文化主張和文化觀念的普通文告，隨著太平天國的失敗，它只能消逝在歷史的長河中。把這篇文告寫入中國近代文學史和批評史並大加讚揚的做法，沒有任何學術根據，也沒有什麼學術價值，因此這樣的做法是不妥當的。

三　反思與認識

到這裏，筆者與「文學說」、「文章說」的不同觀點已經大致清楚了。但是還想思索一下：為什麼對這樣一個並不複雜也並不深奧的問題，會有如此深刻的分歧呢？如果說上文的討論是在較小的範圍內進行的話，那麼，對造成這種不該發生的分歧的原因的探討，就必須在較大的範圍中討論，因之也就有可能具有較為廣泛的意義。也正因為如此，這是不容易談得充分深入的問題，筆者只能不避掛一漏萬和空疏不學之譏，談談對這一問題的思考。

如果我們回眸中華人民共和國成立之後中國近代文學研究和整個

中國文學研究留下的足跡，就會發現，它與整個新中國走過的道路尤其是學術道路多有重合之處，有著明顯的共同的命運，相同的趨向。反右傾，大躍進，浮誇風，文化大革命，乃至全部的左傾錯誤，都給我們的學術研究事業造成了無法逃脫的災難，近代文學研究當然不能幸免。在這樣的政治路線、社會思潮和學術氛圍之下，出現這種不正常的狀況，就並非偶然，更不是莫名其妙和不可思議的了。對《戒浮文巧言諭》不切實際的評價，與整個中國近代文學乃至所有學術領域以階級鬥爭為綱、無視文學研究及其它研究的特殊規律的偏頗大有關係。太平天國係農民起義，而農民又經常被認為屬於被壓迫、被剝削的階級，與後來發展壯大起來的無產階級是同道。於是，這篇文告當然最有可能是屬於紅色的，當然在被肯定之列。

有人也許會產生這樣的疑問：大部分持「文學說」的論著均出版於文化大革命之後，有的出版於20世紀80年代中期，其中的偏頗也是在左傾錯誤的影響下造成的嗎？回答是肯定的。中華人民共和國成立後的三十幾年中，有二十多年的時間是在左傾錯誤思想指導下，這種情況影響了幾代人的思想意識，甚至在相當一部分人當中造成了某種思維定勢，形成了某種心理積澱。左傾錯誤在政治路線上統治的結束至這些著作的出版雖已有十多年，但是整個社會思潮、人們文化心理結構的徹底改變談何容易？它們經常是漸變的，往往需要一個相當長的歷史過程，需要優良的客觀條件和自由的學術氛圍，需要主觀的艱苦努力與自我反省，需要經歷一個自我蛻變的苦難歷程。這些深層的思想和學術任務直至今日遠未完成。太平天國把他們的一切都捆在了戰車上，這是必須的，必然的，但是我們的文學研究者們把文學研究也綁到了政治鬥爭的戰車上，則不能不說是令人遺憾、令人痛心的了。

說到過裏，似乎不能不提到儒家「詩教」、「文以載道」觀念在一些研究者心靈中的投影。這裏無意討論中國傳統文化儒、釋、道的內部構成情形，也無意分析儒家「詩教」、「載道」觀在中國幾千年來的沿革變遷；只是想說：「興觀群怨」、「文以載道」的文學觀念深深地影響和制約著歷代人文學者。把文學依附於政治身上，把它當做一種政治宣傳的工具，已經司空見慣、代不乏人。幾千年來的中國文學，不管載的是什麼內容的「道」，總之要有「道」可「載」，似乎只有這樣才是文學的不二法門、人間正道。偶而艱難地脫離了這種正統的觀念和傳統的習慣，不久又名正言順地得到復歸。我們無法否認，由封建社會經半封建半殖民地社會而來的社會主義社會的文學史家們，深深地受著「載道」傳統的影響。這種傳統通過遺傳、教育等各種方式逐漸積澱，形成了許多文學史家、評論家的一種前結構、前理解，從而影響制約著決定著他們的文學觀念、評論角度、學術觀點和理論體系。這種情況之下的關於《戒浮文巧言諭》的評價，就倒向了實用理性，倒向了文學理論批評的為現實鬥爭服務。再加上不習慣於深邃的理性思考，往往一窩風、一刀切，人云亦云，主體意識淡薄等弱點，偏頗就這樣一直延續了下來。

這裏還有一個歷史學與文學的關係問題。歷史學在我國的悠久歷史是人所共知的，文學史與文學批評史的研究也走過了漫長的歷程。但是，歷史學與文學之間是否一定同步對應的問題，到目前為止似乎尚未徹底解決。在談到文學史分期的時候，不還是有人主張應向歷史學的分期看齊嗎？在評價杜甫的價值的時候，不還是有人只盯在其「詩史」的意義上嗎？在某些歷史性文學作品如《三國演義》的評價中，把文學與歷史攪在一起統而言之者不仍然大有人在嗎？這一系列的問題同樣表現在《戒浮文巧言諭》和太平天國的評價上。太平天國起義在中國近代史上佔有非常重要的地位，嘗被定性為「中國近代全國規模的農民革命戰爭」，並評價說：「這次革命發展到十八個省份，堅持鬥爭十四年之久，動搖了清朝的反動統治，沉重打擊了外國侵略者，表現了中國人民不甘屈服於帝國主義及其走狗的頑強的反抗精神。」[4]這樣的一次影響了中國歷史進程的重大鬥爭，在有些人看來，似乎同樣應該在中國近代文學史與文學批評史上佔有重要的位置，是應該在文學史和批評史上大書特書的事情，以求得文學史、批評史與歷史的某種對應。於是，對太平天國領導者們的水準極其一般，甚至相當低下的詩文寫作，對這篇文告等就被大加褒揚起來。其實，這樣做既不是對歷史學的恭敬虔誠，也不是對文學的應有重視。在這裏，文學史和文學批評史應有的獨立品格喪失殆盡了，它們成了歷史學的附屬物。

事實上，歷史學的評價不能代替文學史的評價，歷史與文學史未必總是同步對應，雖然它們之間有著某些聯繫。李煜在政治史上是一個庸才，在文學史上卻是一個天才。岳飛是一個傑出的將領，但並不是一個偉大的文學家，儘管據說是他所作的那首《滿江紅》廣為流傳。李自成、張獻忠領導的農民起義推翻了明朝的統治，必須在歷史上大書一筆，但卻不值得去搜尋他們的文學作品而寫入中國文學史並大加褒揚。王國維的《紅樓夢評論》、《宋元戲曲史》和《人間詞話》等是中國近代文學批評史上的傑作，但他卻不能在中國近代政治史上擁有特別重要的地位，因為那條伴隨他終生的辮子把他拖向了政治的邊緣。

同樣，假如給太平天國在中國近代文學史和文學批評史上硬找位置，不惜丟掉文學研究的獨立品格，不惜丟失文學研究的特定觀照角

4 見《辭海》（1979年版）「太平天國農民革命」條（上海市：上海辭書出版社，1979年），頁642。筆者按：20年後出版的《辭海》（1999年）此條目名稱已改為「太平天國運動」，並將其定性為「中國近代全國規模的農民起義」，總體評價文字亦改為：「這次運動發展到十八個省，堅持鬥爭十四年，嚴重地動搖了清朝統治，打擊了外國侵略者，對中國近代歷史產生了深遠影響。」見《辭海》（1999年）（上海市：上海辭書出版社，2000年），頁780。此種改變，頗可參詳。

度和批評標準，這絕不是高明的辦法，更不是學術的態度。這並非一概否認文學史與歷史有時可能發生的同步對應現象。但就太平天國起義和這篇《戒浮文巧言諭》而言，這種牽強附會的對應同步的認識是不能令人信服的。

愛國政治家丁日昌對中國近代化的貢獻

丁日昌生當中國由封建社會向半封建半殖民地社會過渡的歷史時期，看到清廷的江河日下、朝不慮夕，他追隨曾國藩、李鴻章興辦洋務，以非凡的才識能力和實幹精神，成為洋務派的中堅人物之一。作為朝廷命官、封建統治階級中的一員，他效忠滿清王朝，曾經對太平軍作戰，在對外交涉中也採取過一些與外國侵略者妥協的辦法，這或是由於歷史和階級的局限，或是由於情勢之不得已，今天仍需明辨。但就總體上來說，丁日昌是中國近代一位愛國的富於革新精神的政治家，是洋務運動中一位主張自強禦夷的實幹家，是晚清政壇中難得的一位具有深遠識見的傑出人物。在創建中國近代民族工業、學習和引進西方先進科學技術、促使中國走上近代化道路的文化歷程中，丁日昌作出了傑出的貢獻。丁日昌在中國近代化歷程中的貢獻，集中表現在以下諸方面。

一　發展工業，急圖自強

早在鴉片戰爭開始的時候，魏源就喊出了「師夷長技以制夷」的口號[1]，但中國真正大踏步地學習西方先進的器物，還是洋務運動開始以後的事情。丁日昌這一代人學習西方的思想較之魏源一代，有了

1　魏源：《海國圖志敘》，《魏源集》（北京市：中華書局，1983年），頁207。

不小的進步和發展。作為洋務自強運動核心人物之一的丁日昌，在民族危機面前，極力主張建設自己的工業基礎，尤其是發展軍事工業，並且勉力付諸實踐，希望使中國迅速走上富庶強大的道路。

丁日昌主張購買西洋的機器，學習西洋的技術，一邊引進外國的機器設備和生產技術，一邊建立自己的工業基地，準備製造生產。在學習西方與發展自己的問題上，丁日昌的見解在時人中顯得全面深刻一些。他指出：「夫船堅炮利，外國之長技在此，其挾制我中國亦在此。幸而商賈往來，交際方洽，彼既恃其所長以取我之利，我亦即可取其所長以利於我。……《易》曰：窮則變，變則通。《國策》曰：利不百，不變法；勸不十，不易器。船炮二者，既不能拒之使不來，即當窮其所獨往。門外有虎狼，當思所以驅虎狼之方，固不能以閉門不出為長久計也。」[2]「今日欲謀夷務，必先由中國之自強始。」[3]「中國欲自強，則無如學習外國利器；學習外國利器，則莫如覓製器之器。」[4]丁日昌將自己的見解寫成奏摺，由李鴻章代為上奏朝廷，總理各國事務衙門予以肯定，認為丁日昌所陳識議宏遠，洞見癥結，命李鴻章全盤負責。李鴻章便把籌建與試辦船廠的具體事務交給丁日昌辦理。丁日昌設法收買了美國商人經營的機器鐵廠——旗記鐵廠，購買了該廠庫存的各種物資，留用了原有的工匠，以此廠為基礎，把上海原有的兩炮局併入，於同治四年四月（1865年5月）組建了江南機器製造總局，丁日昌任第一屆總辦。

由丁日昌親自策劃的江南機器製造總局的經營規劃，很有特色：

2 丁日昌：《上李宮保請開船廠書》，轉引自鄧亦兵《丁日昌評傳》（廣州市：廣東人民出版社，1988年），頁12。筆者對原標點有所調整。

3 丁日昌：《上粵撫郭中丞書》，轉引自毛慶耆主編《嶺南學術百家》（廣州市：廣東人民出版社，2004年），頁618。

4 丁日昌：《代李伯相上總署論製造火器書》，轉引自毛慶耆主編《嶺南學術百家》（廣州市：廣東人民出版社，2004年），頁618。

它有目的地培養中國的科技人才，逐步達到在技術上不依靠外國；它不僅生產軍用機器，還製造民用機器和輪船。雖然事實證明丁日昌的目標並沒有完全實現，但江南機器製造總局是中國第一家大型軍事工廠，是首次引進西方先進科學技術、按照西方機器工廠組織生產的企業，它不同於舊式官營手工業工廠，而具有資本主義的性質。丁日昌此舉，首開機器生產的新局面，對促進中國民族工業的發展起了一定的作用。江南機器製造總局的創辦，成為洋務運動中取得的最大成就之一。

在福建巡撫任上，丁日昌對臺灣採取的一系列措施，再一次體現了他的政治洞見和一貫的自強思想。他曾橫渡海峽，親自到臺灣考察，通過對臺灣北部和後山的實地調查，基本掌握了全臺的形勢，於是向朝廷上奏全面增強臺灣軍事力量，發展臺灣經濟的主張，主旨在於強兵以禦外侮，振興經濟以收回利權。他說：「臺灣若不認真整頓，速籌備禦之方，不出數年，日本必出全力，以圖規取。……故為臺灣目前計，必須購中小鐵甲船一二號，以為遊擊之用；練水雷數軍，以為防阻之用；造炮臺數座，以為攻敵之用。練槍炮隊各十數營，以為陸戰之用；開鐵路，通電線，以為通信、運糧、調兵之用；購機器、集公司，以為開礦、開墾之用。……惟臺灣有備，沿海可以無憂；臺灣不安，則全域將為震動。」[5]必須承認，就臺灣處境與中日關係而言，這是具有戰略思想與先見之明的切中要害之論；後來的臺灣命運與中日關係證明了丁日昌論斷之正確，也證明了他對日本的擔憂絕非多餘。可惜而且不幸的是，丁日昌所主張的這一切，並沒有變成現實，於是近代以來本已禍患連連的中國，又多了一段傷心歎惋的歷史。

---

5 丁日昌：《臺事宜統籌全域疏》，轉引自毛慶耆主編《嶺南學術百家》（廣州市：廣東人民出版社，2004年），頁619。

經過半年多的考察瞭解，丁日昌制訂出全面建設臺灣的規劃，得朝廷允准之後，便動手籌辦施行。其中主要的是如下三項：第一，主持架設電報線。為了保持秘密，丁日昌盡可能地選拔中國技術人員參與架線工作。經過幾個月的勘查，光緒三年七月十日（1877年8月18日）架線工作正式開始，至九月十日（10月16日）工程完畢，旗後——臺灣府——安平（今高雄市—臺南市—臺南市西安平）之間的一條九十五公里的電報線架起，當日即通報，一個月之後電報局正式營業。第二，籌辦礦務。經過與李鴻章商量，丁日昌派人赴臺經辦礦務，籌畫開採煤、硫磺和石油。在丁日昌的關注和支持下，基隆煤礦很快採用西洋機器挖井採煤，當年就生產出優質煤，並有石油湧出。第三，籌辦鐵路。丁日昌準備改築臺北到臺南的鐵路，便籌措經費，而且請來工程師勘查路線，商定了築路計劃。但是，由於向臺灣富紳、向朝廷、向外國銀行籌款均未成功，又受到朝廷中頑固派的參奏與阻撓，致使這條丁日昌宣導、中國自建的第一條鐵路——臺灣鐵路的計劃終成泡影。

丁日昌在臺灣主持架設了中國第一條電報線，督辦了中國第一個用西洋機器開採的煤礦礦井，倡議籌畫了中國自建的第一條鐵路。由於經費困難和頑固派的阻礙，這三項建設都僅僅開了個頭就夭折了，還談不上海防和經濟效益；但它的創立與首倡，對發展臺灣經濟、加強海防都影響深遠，為中國進一步引進西方科學技術、發展近代工業，起了開風氣之先的作用，成為丁日昌洋務自強思想的又一突出成績。

除此之外，丁日昌為建設中國近代工業基礎，發展民族工業，為中國的自強自主，做了多項工作，進行過多方面的努力。比如，推薦唐廷樞辦開平煤礦，建立輪船招商局，提出用輪船試運漕糧計劃，改革鹽政，等等。

二　學習西方，對外抗爭

近代中國人面臨的文化難題是令人尷尬的：一方面要擔負起反對殖民侵略的民族政治任務，一方面又要完成向西方學習的文化使命。丁日昌作為洋務要員之一，自然深刻地感受到這種困境。當時的朝野之士，有的主張索性再像從前那樣閉起國門，將西方那些「奇技淫巧」拒之門外，重新回到封閉狀態之中去；也有的在西方列強這種「亦師亦敵」的雙重身份面前，難以做出積極的回應和明智的抉擇。丁日昌的基本態度是，既要敢於向西方學習先進的科學技術，又要盡力抵拒列強的殖民侵略，敢於與列強抗爭，力求保持國家的主權。這一思想，在他對待派遣留學生、創建三洋水師和對外交涉當中表現得最為集中。

容閎作為中國第一位畢業於美國著名大學的留學生，深感學習西方科技與文明的必要，認為這是振興國力的有效途徑；因此他最早提出向美國派遣留學生的倡議，這在當時的中國來說可謂對外開放的大膽之舉。丁日昌對容閎的倡議深為贊同，大力支持，同治九年八月（1870年9月），在辦理天津教案之暇，丁日昌與容閎、曾國藩商討派遣幼童出國學習之事。之後，由曾國藩、丁日昌等四位大臣聯名上奏朝廷，請求派遣幼童赴美留學。清廷終於批准了這項教育計劃，第一批留美學生三十人於同治十一年（1872）渡太平洋赴美國學習。在以後的三年裏，每年分派三十人赴美，共派出留學幼童一百二十人，原定十五年學成回國。可是，由於受到堅持閉關自守的封建頑固勢力的阻撓與攻擊，到光緒七年（1881），這些留美學生全部被撤回了。儘管如此，容閎首倡、丁日昌等支持的派遣赴美留學生計劃，還是為中國培養了一些人才，為中國走向近代化作出了一定的貢獻。

自從國門被打開以後，中國屢屢失敗，原因乃在於不如列強的船堅炮利。這是時人對中西文化衝突的初步認識，於是開始學習外國之「長技」。同治六年（1867），丁日昌指出：「中國自夷禍以來，言自強者屢矣，而自強之效，仍茫如捕風捉影，何也？則以局中之論，瞻顧因循，不肯以一身叢眾鏑；局外之論，迂腐激烈，而未為時局計萬全故也。」[6]丁日昌對此憂心忡忡，提出了一系列措施，其中特別引人注目的是，他最早提出了建立北洋、東洋、南洋三支海軍艦隊的倡議。翌年，又作《上曾中堂海洋水師事宜》[7]，分三十條詳細陳述建立水師的計劃。同年，他還提出「北東南三洋聯為一氣」[8]的戰略主張，可見他對建立中國海軍的重視。

在對外交涉中，丁日昌採取不卑不亢、據理力爭、在大節上決不退讓的姿態，盡最大可能保護了國家民族的利益。他指出：「天下事窮則變，變則通。方今強敵環立，攻之之法與從前不同，則御之之術亦當與從前有異。故固民心則先當擇循吏，練隊伍則先當擇將才，紓邊患則先當改營制、精器械、練輪船、建炮臺。然此皆當綢繆於平日，非能取辦於臨時。毅然決然為力改因循之計，則今日雖弱，他日可強，今日雖屈，他日可信。內則臥薪嚐膽，外則虛與委蛇。誠如聖訓，兵端不可自我而開。蓋發之匪難，收之甚難。固不可不躊躇審重而出之也。」[9]任上海道期間，丁日昌力主收回利權，禁止外國人在上海佔地占房和購房買地，開設賭館；禁止外國輪船駛入非通商口

6 丁日昌：《上曾侯自強變法條陳》，轉引自毛慶耆主編《嶺南學術百家》（廣州市：廣東人民出版社，2004年），頁622。

7 丁日昌：《百蘭山館政書》卷四，轉引自毛慶耆主編《嶺南學術百家》（廣州市：廣東人民出版社，2004年），頁622。

8 丁日昌：《上曾侯水師章程別議》，轉引自毛慶耆主編《嶺南學術百家》（廣州市：廣東人民出版社，2004年），頁622。

9 丁日昌：《覆陳中外交涉情形疏》，轉引自沉雲龍主編《近代中國史料叢刊》續編第七十七輯（新北市：文海出版社，1974年），頁342。

岸，將違反條約的外國輪船扣留充公；阻止外國商人在上海架設電線、修建鐵路。他還使英法駐軍撤離上海，遣返數千名外國流氓，迫使烏石山英國教堂退出侵佔的土地。這一系列做法，使他成為洋務派中著名的外交強項者。

丁日昌辦理對外交涉的原則是以條約為準，不再給外國侵略者更多的利益，盡最大可能使國家的利益得到最大限度的保護。對海外僑民，丁日昌也十分同情關心。他建議清政府禁止外國人在沿海各地設立招商局，嚴禁誘騙華工出國，倡議設市舶司，派遣官員到海外管理華工，保護華僑利益。丁日昌的這些做法受到海外僑胞的廣泛歡迎。

三　關心民瘼，整飭吏治

丁日昌出身貧寒，非常瞭解和同情下層社會普通農民的生活境況，在為政的幾十年中，對農民的命運一直非常關心。他敢於平反冤獄，懲治貪官污吏，勇於裁減陋規，革除弊政，主張興修水利，勤賑救災。

他以自撰的對聯作為座右銘：「官須呵出，幹來若處處瞻顧因循，縱免刑章終造孽；民要持平，待去看個個流離顛沛，忍將膏血入私囊。」[10]他為政兢兢業業，廉潔不貪，以身作則，受到百姓的愛戴，政績頗佳，成為一位令人欽敬的地方官。

丁日昌一貫主張「整飭吏治」，「取士兼求實用之才」[11]。面對當時封建官吏的腐化貪婪、驕橫殘暴，官場中對上敷衍欺瞞、上下隔絕

---

10 丁日昌：《百蘭山館古今體詩》所附楹聯（廣州市：廣東省社會科學院，1987年膠印本），頁1。

11 丁日昌：《上曾侯自強變法條陳》，轉引自毛慶耆主編《嶺南學術百家》（廣州市：廣東人民出版社，2004年），頁623。

的狀況，丁日昌在可能的範圍內進行官吏制度的改革。同治六年（1867）在江蘇布政使任上時，他首先整頓官吏的工作作風，講求效率，破除積習，又暗中派人化裝密訪，將所見吏治民生等情況詳細寫出上報。這樣，丁日昌可以掌握較全面真實的情況，對各地官員起到監督的作用。丁日昌還教誨官員各盡其職，請名紳儒士參與局中事務。他說：「國家設官分職，皆以為民，而與最親，莫如州縣。得其人則治，失其人則亂。自古為然，於今尤急。」[12]他還曾儆戒下屬官員說：「不能為民興利除弊，即與泥塑木雕無異；彼層層刻剝，處處擾累者，是又在泥塑木雕之下矣。」[13]丁日昌還採取了對候補官吏進行考覈、擇優錄用的措施。他叮囑應考人員，要用心學習時務，研究如何治理地方的具體問題。雖然考試實行三次之後不得不中斷，但他任江蘇巡撫之後還是極為注意官員的素質問題。

丁日昌對自己也是嚴格要求，以身作則。他多次提出裁免節壽禮，同治五年（1868）升任江蘇巡撫後，就從自己做起，發出通告刪除對他的三節兩壽祝賀稟，和恭賀年禧五行官銜名稟，並要求下屬對他提批評意見。他說：「但求有濟於國，有益於民，剴切詳明，知體知要，則本司所敬聽也。其本司見之施行者，或有違錯，亦望善為醫救，明以告我。蓋所以集思廣益者，固自有在，固不賴此恭維敬啟之浮文也。」[14]丁日昌對親屬也嚴格管教。任江蘇巡撫之後，老家廣東豐順湯坑的族人親戚接踵而來，他請汕頭永捷、順公等行號，代他將欲來三吳的親屬每人送五元，勸其回鄉；如確實有事，可以寫信，由

12 丁日昌：《設立蘇省書局疏》，轉引自沉雲龍主編《近代中國史料叢刊》續編第七十七輯（新北市：文海出版社，1974年），頁7。

13 丁日昌：《牧令書輯要》卷一，轉引自鄧亦兵《丁日昌評傳》（廣州市：廣東人民出版社，1988年），頁64。

14 丁日昌：《通飭各屬三節兩壽免用紅稟祝賀由》，轉引自沉雲龍主編《近代中國史料叢刊》續編第七十七輯（新北市：文海出版社，1974年），頁815-816。

行中代轉，所用款項，他都如數歸還。同治八年八月（1869年9月），在丁日昌外出勘查水災的時候，他的親戚都司丁炳帶人在妓館與水師勇丁爭鬥，打死勇丁。丁日昌得知後，即上奏朝廷因管束親屬不嚴，自請革職，並將丁炳斥革。後來又聽說此事發生時自己的兒子、分發補用知府丁惠衡也在場，就再次上奏，請斥革丁惠衡的官職。

主張經世致用，不尚空談，是丁日昌一貫的思想品格。他在江蘇任職三年多，進行了觸及封建官場重要弊端的改革，表現出超越朋僚的膽識和氣魄，也表明了地主階級改革派的立場。丁日昌實施的改革，給農民、商人帶來了暫時的好處，他們讚揚這個為民做主的清官。有人上報朝廷說：「前江蘇撫臣丁日昌究心洋務及製造事宜，歷年已久，堅苦任事，百折不回。其整頓地方不遺餘力，亦不留人餘地，僚屬則怨之謗之，而士民則感之思之。」[15]又有評論說：「丁中丞日昌撫蘇時，講求吏治，雖以苛刻致謗，而條教批劄，明而能新，所評閱牧令亦極精實，歎為近世罕有。」[16]

必須指出，丁日昌吏治改革的目光器識並沒有超越封建主義的界限，他的一切努力在主觀上乃是改造封建官僚制度以適應變局的需要，希望封建統治在新形勢下得到恢復和鞏固。但也應當看到，丁日昌的改革在客觀上一定程度地改善了農民、商人及其它百姓的生存狀況，起到了促進經濟發展的作用。這一點，從頑固派官僚對丁日昌的打擊、陷害中也可以約略看到。丁日昌繼承了中國傳統的民本思想，把吏治與民生聯繫起來，在百姓的痛苦中，看到官場的陋習，認為：

---

15 王凱泰奏章中語，見寶鋆等修《籌辦夷務始末》（同治朝）第十六冊卷九十九，轉引自沉雲龍主編《近代中國史料叢刊》正編第六十二輯（新北市：文海出版社，1966年），頁9184。

16 徐宗亮：《歸廬談往錄》卷二，轉引自鄧亦兵《丁日昌評傳》（廣州市：廣東人民出版社，1988年），頁68。

「兵事不飭，無以為蕩寇之資；而吏治不修，更無以為綏民之本也。」[17]「有益於民者興之，有害於民者除之。必使官之於民，時刻痛癢相關，視同骨肉，有纏綿不可解之誼。」[18]

在當時絕大多數洋務派官僚們的改革措施還處於在軍事、經濟上仿傚西方的層次的時候，丁日昌改革吏治的努力實際上已經超越了這個界限，涉及到改革政治的層面，這正是他的深刻之處。儘管這種努力不得不終告失敗，但這一思想的價值卻是可貴的。在當時洋務派諸人中，除丁日昌、郭嵩燾之外，鮮有人對國家前途命運的思考觸及政治改革層面，其思想意義委實深遠。

光緒八年正月（1882年2月），丁日昌病危，自知不治，將兒子丁惠衡等叫至榻前，口授遺折：「方今時局多艱，西北南三境皆與英法俄接壤，東又有日本狡然思逞，伺釁而動。我弱一分，則敵強一分；我退一步，則敵進一步，安危禍福之機，固有稍縱即逝者。自我之屬國，琉球已矣，而法國佔據安南六省，更思圖其都會；暹羅、緬甸行將盡屬英；俄人添兵東海，是高麗不蹶於倭，必蹶於俄。將來我之屬國若竟一一無存，枝葉殘則根本何以自立？天下事，與其焦慮爛額而無救燎原，曷若曲突徙薪而未雨綢繆？及今而力圖實際，尚有可強之時；及今而仍托空言，難有知強之日。……惟望內外臣工，仰體聖懷，同力合作，迅圖自強之實事，勿分畛域，勿憚浮言。外則睦鄰講信，虛與委蛇；內則竭慮殫精，力圖整頓，窮變通久之道，以奠靈長鞏固之基，則今日之敵國外患，皆我他日富強兼併之資也。」[19]彌留

17 丁日昌：《劄發胡文忠公遺集由》，轉引自沉雲龍主編《近代中國史料叢刊》續編第七十七輯，（新北市：文海出版社，1974年），頁671。

18 丁日昌：《諮浙江撫院計黏抄章程》之《加函》，《撫吳公牘》卷二十七，清光緒二年（1876年），頁3。

19 丁日昌：《病危口授遺摺》，轉引自鄧亦兵《丁日昌評傳》（廣州市：廣東人民出版社，1988年），頁117-118。筆者對原標點有所調整。

之際，仍然念念不忘天下大事，國家治強，無一語道及家事，又一次也是最後一次體現了他一貫的憂慮時危、忠誠體國的人格特徵和愛國精神。確如有評論所說：「日昌出寒素，起州縣，知閭閻疾苦，又生長海疆，考求外事，心思精力俱過人，故吏治洋務尤卓絕一時。」[20]

正統頑固派罵丁日昌為「丁鬼奴」。洋務大員們對他卻予以極高評價，曾國藩說他「精思果力，熟悉洋務」；李鴻章說他「洋務吏治，精能罕匹，足以幹濟時艱」；沈葆楨說他「果毅精明，不避嫌怨，近講求洋務罕出其右者」；郭嵩燾也說，「李中堂能見其大，丁禹生能致其精，沈幼丹能盡其實」。

還應當指出的是，作為一位封建王朝的官吏，丁日昌的愛國思想是與忠君觀念結合在一起的，這大凡也是封建社會所有愛國之士的共同思想特徵。丁日昌在對太平天國作戰中也盡了力量，這在今日看來也是需要明辨的。還有，他在江蘇主張禁止淫書、淫詞、淫戲，固然是為了整飭風化、維繫世道人心的需要，從他開列的禁書目錄來看，其中當然有一些淫穢之書，但其中有許多在今天看來恰恰是古典文學名著精品，如《水滸傳》、《西廂記》、《紅樓夢》、《金瓶梅》、《牡丹亭》與《拍案驚奇》等。這種從封建正統觀念出發採取的禁書行為，對文化的發展有著不可忽視的負面作用。但這些局限不是丁日昌思想的主要方面。

總的說來，丁日昌仍不失為一位愛國的政治家，一位富於改革精神、務實品格的洋務派著名活動家，在中國近代走向世界、抵禦外侮的文化歷程中作出了傑出的貢獻。丁日昌始終不渝的愛國主義精神和務實穩健的思想品格，也是嶺南文化愛國主義傳統的集中表現，更是

---

20 丁日昌：《廣東通志列傳稿》，轉引自《嶺嶠春秋——嶺南文化論集》（三）（廣州市：廣東人民出版社，1996年），頁230。

這種精神氣質在中國近代這一三千年未有之創局中的深化和發展。對今天的現代化建設而言，其中的某些方面仍有著借鑑的價值。

嶺南近代文學家三題

香山何曰愈、豐順丁日昌、大埔何如璋，均為嶺南近代著名文學家，儘管他們的成就並不僅僅在於文學方面；或者說，他們的主要成就多不在於文學創作，如何曰愈的詩評詩論，丁日昌的洋務思想，何如璋的外交貢獻，都證明了這一點。但是，從文學創作的角度認識這三位嶺南近代的傑出人物，對完整地認識其人與其時代，仍有其不可替代的價值。

一　何曰愈的文章

何曰愈（1793-1872），字子持，號雲畡，廣東香山（今廣東中山市）人。少年時即懷有經世濟民之志，勤於讀書，研究經史，留心時務，尤好韜略之學，然科場上很不順利，遂遊覽四方，以開闊襟懷。後由吏目為官，至四川屏山知縣、會理知州，在蜀中前後共四十餘年，「以經術飾吏治，卓然有聲，尤長於折獄，積年疑案，一鞫即服」[1]。晚年，以其子何璟在安徽為官，曰愈遂於同治元年（1862）赴皖修養，後又入湖北，不久返回廣東，仍讀書不輟。著有《存誠齋文集》十二卷、《退庵詩話》十二卷。據記載亦有詩集，然未見刊刻。

何曰愈於「時方多故」之際，「抱經世才」[2]，雖尚能有所作為，

1　陳澧：《序》，《存誠齋文集》卷首，皖江藩署同治五年（1866年）刻本，頁1。

2　莫友芝：《跋》，《存誠齋文集》卷末，皖江藩署同治五年（1866年）刻本，頁2。

然究難救國於危難，拯民於水火。何曰愈較有文名，有評論說：其文「出入唐宋大家，沛然四注，有磅礴無前之概」[3]；「以其緒餘發為文章，隨其意境所至，不拘一格，各盡其妙」[4]；「論傳則胎息馬班，記敘則肩隨韓柳，根據前賢而不落窠臼，兼綜眾說而自出機杼」[5]。而沈粹芬、黃人等輯之《國朝文匯》（後名《清文匯》）丁集錄其文多至十篇，亦可略見何曰愈散文影響之一斑。

何曰愈文章之最可注意者有二類：一類是以史論為主幹的議論文。其文以經史為根底，善於將經史學問、人情物理融匯入文，從對歷史人物、事件利弊得失的分析中，反思時人時事，從而實現以古鑒今的經世目的。此類文章，文氣充沛，揮灑自如，雄辯滔滔，見解警策，氣勢雄健，發人深省。這類文章在何曰愈集中數量頗多，《百里奚論》、《淮陰侯論》、《趙普論》、《介子推論》與《言邊事上寶相國書》等均是值得重視之作。他在《秦論》中分析國家的治亂興亡時說：

> 不仁則天下叛之，仁則天下歸之；拒諫則士去之，禮賢則士附之。國家理亂興亡，視此而已。……吁，國家興亡，其在仁與不仁，得士與失士乎！[6]

在《吳越論》中，他指出吳國終為越國所敗的根本原因不在對方，而恰恰在於自己，立論警策，意味深長，引人深思：

---

3 朱蘭：《序》，《存誠齋文集》卷首，皖江藩署同治五年（1866年）刻本，頁1。

4 陳濬：《序》，《存誠齋文集》卷首，皖江藩署同治五年（1866年）刻本，頁1頁。

5 馬恩溥：《評語》，《存誠齋文集》卷首，皖江藩署同治五年（1866言）刻本，頁1。

6 何日愈：《存誠齋文集》卷一，皖江藩署同治五年（1866年）刻本，頁1-3。標點為筆者所加。

滅吳者，非越也，吳也，非句踐也，夫差也。其自刭於秦餘杭山也，非不幸也，宜也。當吳之亡也，犀甲吳鈎，猶是爭長中原之故器也；壯士健馬，猶是爭長中原之故旅也，非小弱也。然一敗塗地者，上下離心也。《周書》曰：「受有臣億萬，惟億萬心；予有臣三千，惟一心。」其是之謂乎？[7]

其《張居正論》則討論了古今為人臣者之三種類型，指出分清「重臣」與「權臣」對於社稷安危、黎民命運極其重要：

重臣以天下為己任，其志在於利國，禍福死生不與焉；權臣視天下為奇貨，其志在於遂私，禍福死生亦不與焉。故二者行常相似而心跡迥殊。然亦有介乎權重之間者。張居正秉政十年，搢紳側目，物議沸騰；即後世士論，亦多少之。蓋以暴戾剛愎之性，濟以嫉忌險狠之心，仇視骨。故不容於當時，難見諒於後世者，此也。[8]

何曰愈文章的另外一類是以山水遊記、人物傳記為主的記敘文。這類文章，具有很強的文學性，其內容筆法，淵源較深。山水遊記之文，清麗流暢，精緻巧妙，遠招唐宋諸大家傳統，亦頗得桐城文清新空靈之餘韻，亦有明代山水小品遺風；其人物傳記之文，善於抓住典型事件，在語言行動的描繪中突出其個性，鮮明生動，真切自然，可謂深得韓愈、柳宗元及宋代諸大家寫人物之記敘文的妙處。這類文章雖然數量不很多，但仍能給人留下深刻印象。如《遊白雲寺記》、《遊

7 同上書，頁40。標點為筆者所加。

8 何曰愈：《存誠齋文集》卷二，皖江藩署同治五年（1866年）刻本，頁15。標點為筆者所加。

崖子寺記》和《愛蘭說》等。《四宜亭記》描寫亭中四時景物的變遷，一季一景，各有千秋，四者相映，異彩紛呈；在此基礎上，於文末非常自然地交待了「四宜」之名的來歷，以為收束。文章之最後曰：

> 春則煦日融和，百卉競放，嫣紅駭紫，芬芳襲袂，則於挈酒賞花為宜；夏則綠陰交錯，草木絛暢，南窗寄傲，好風徐來，則於披襟納涼為宜；時居秋也，銀潢皎潔，蟾光入戶，於是攜綠綺，奏《賀若》，歌聲嗚嗚，若出金石，則宜玩月鼓琴；時居冬也，瑤雪初霽，啟軒遠矚，一望遼廓，群山如玉琢瓊砌，於斯時也，與二三友生掃雪烹茗，分韻白戰，賦《黃竹》，煨紫芋，則又宜圍爐看雪。予因易今名，並援筆記之。後之登斯亭者，當亦有感於予言。[9]

《甘瘋子傳》寫一位「有神勇，淡嗜欲，性任俠，道遇不平輒為人排難解紛」的奇人「瘋子」的鮮明個性，也揭示了他這種特立獨行之士艱難的現實處境和深刻的精神困境，頗有柳宗元《段太尉逸事狀》的韻味。文章抓住此人生平中的五個故事，從不同側面表現其性格，讀來如聞其聲，如見其人。莫友芝評論說，此文「序事潔，有史法」[10]，當係的論。如記其最後兩事時說：

> 嘗乘驢渡河，水深沒腹，驢不能涉，乃褰裳挾驢而過。其子某，亦有父風。瘋子慮其及於禍，一日，召子至，以手撫其頂，背遂僂。子跪泣請教，瘋子曰：「與其勇而危，孰若無勇

9 何日愈：《存誠齋文集》卷二，皖江藩署同治五年（1866年）刻本，頁4-5。標點為筆者所加。

10 莫友芝：《跋》，《存誠齋文集》卷末，皖江藩署同治五年（1866年）刻本，頁2。

而安？今若體雖殘，禍其免矣。」[11]

文章寫得簡而有法，短而不促，善於突出人物的行為特徵和語言特點，不僅可見甘瘋子其人不同世俗的行事特點和豁然達觀的生活態度，亦可見作者文章用語之簡潔與生動傳神。

《圉人說》也是值得注意的文章。這是一篇帶有寓言意味的雜文，通篇談的是圉人的牧馬之道，「凡其所牧，輒博碩茁遂」[12]，別人問其妙訣，他的回答不僅多顯智慧，且頗含深意。文章的開頭寫道：

> 圉人某牧馬以自給。凡其所牧，輒博碩茁遂。故其索值數倍，稍靳則掉臂而之他。或叩其術，曰：「吾惟遂其生，樂其性，別其才，均其力而已，無他術也。暑吾以時浴之，寒吾以時煥之，勞吾息之，佚吾役之，才吾憂之，劣吾斥之，饑吾秣之，渴吾飲之，又等其才力而裒益之。」[13]

在文章的最後，作者只說了一句意味深長、發人深省的話：「何子曰：吁，吾於圉人而得知人任人之道焉！」[14]以此點明此文主旨，從圉人的牧馬之道中，作者悟出了發現人才、任用人才的道理，給了此文一個意味深長的結尾。

---

11 何曰愈：《存誠齋文集》卷六，皖江藩署同治五年（1866年）刻本，頁12。標點為筆者所加。

12 同上書，頁8。

13 何曰愈：《存誠齋文集》卷六，皖江藩署同治五年（1866年）刻本，頁8。標點為筆者所加。

14 同上書，頁9。

二　丁日昌的詩歌

丁日昌（1823-1882），字禹生，又作雨生，號持靜，廣東豐順湯坑人。貢生出身。咸豐七年（1857）授瓊州府學訓導。咸豐九年（1859）任江西萬安知縣。旋入曾國藩幕府，調赴廣東督辦釐務。同治二年（1863）被李鴻章調赴上海專辦軍事工業，介紹容閎赴美購買機器，參與籌設機器局。同治四年（1865）任蘇松太道兼江南製造局總辦，協助曾國藩和李鴻章辦洋務，推薦買辦唐廷樞等開辦開平煤礦和輪船招商局。同治六年（1867）任江蘇布政使，翌年任江蘇巡撫。光緒元年（1875）任福建巡撫，兼督船政。光緒五年（1879）獲賞總督銜，會辦南洋海防，節度水師，並充兼理各國事務大臣。著有《撫吳公牘》、《百蘭山館政書》、《丁禹生政書》、《百蘭山館古今體詩》等，編有《牧令書輯要》，有持靜齋藏書十萬餘卷，莫友芝嘗編為《持靜齋書目》。

丁日昌善詩能詞，其文章則絕大多數為政書公牘之類。《百蘭山館古今體詩》中，題贈酬唱之作頗多，其中最可注意者，是那些通過唱和以詠懷言志、借贈答以描述自身境況的作品。如三十九歲時所作《辛酉除夕柬莫子偲》云：

> 功名鯰上竿，辛苦未及半。忽如鷁退飛，亨屯供笑歎。破甑顧何益，棄為山水玩。翩然逢故交，歷歷數聚散。造物意良厚，預早蓄窮伴。有如夔憐蚿，快聚昏至旦。貽欣錦繡緞，報愧青玉案。自稱太瘦生，微飲不及亂。枯腸出芒角，妙語清可盥。雙丸逝迅速，難藉魯戈緩。新年積舊歲，重複終一貫。我今況龍鍾，（坡詩：「龍鍾三十九，勞生已強半。」余今亦三十九，故云）懷古起頹懦。昔賢久糟粕，寸懷尚冰炭。曉景亦可憐，

飄泊無常館。貴賤等陳跡，未用相冷暖。明朝有春曦，曝背同一粲。[15]

此詩為咸豐十一年（1861）除夕寄贈莫友芝之作，將對朋友的思念、自身境況的敘述、年近不惑的感慨等內容融會到一起，情感誠摯，意境淵雅，用筆簡淡，頗得宋詩餘韻。因此，屈向邦《粵東詩話》評此詩說：「剝扶存液，直追宛陵，詩筆亦與子偲為近，可謂氣味相投。」[16]又如《京邸對月賦呈潘伯寅、翁叔平兩侍郎》一律，也是情感深摯、屬對精工的作品。詩云：

又此三人又此杯，又邀相識月裴徊。眼前宦味各如水，門外車聲何故雷。望雨待聞幹瓦響，推書暫把老懷開。七年小別渾如夢，肯信他年夢更來。[17]

同類作品之可留意者，還有《上曾滌生宮保》、《何子貞太史由楚皖來吳，發詩索和，已十五年不彈此調矣，破戒為此，以博一笑》等等。

丁日昌出身貧苦，又有較長時期任南北地方官的經歷，對下層普通民眾的生活較為熟悉，也一直關心。這一點，同樣在詩歌中比較充分地表現出來。太平天國起義在他的詩歌中有所反映，當然，丁日昌是敵視太平軍的，需要明辨；從另一個角度看待這類作品，其實也反

15 丁日昌：《百蘭山館古今體詩》卷四（廣州市：廣東省社會科學院，1987年膠印本），頁22-23。

16 錢仲聯主編：《清詩紀事》第十六冊咸豐朝卷（南京市：江蘇古籍出版社，1989年），頁11526。

17 丁日昌：《百蘭山館古今體詩》卷五（廣州市：廣東省社會科學院，1987年膠印本），頁30。

映了戰亂給人民造成的危害和痛苦，再現了當時社會現實的某些方面，具有一定的詩史價值。他對天災人禍給人民造成的損失深為同情，對民生饑苦極為關切，即使是當了高官以後仍舊如此。這方面的作品有《憂旱》、《途中見牛車有感》等，而早年所作《決堤歎》，可推為代表。詩云：

> 七月七日大雨傾，瀟瀟嘈嘈至五更。七月八日河堤決，浩浩蕩蕩田廬滅。百丈紅濤破地流，登山未得且登樓。樓頭頃刻被水覆，百萬生靈齊一哭。水哉水哉將奈何，平原萬頃成滄波。一連五日流始息，髑髏白骨堆荊棘。秋風蕭瑟秋草柔，饑鬼夜哭聲啾啾。即今死者何用食，生者田疇耕不得。老牛負犁鞭不動，沙泥淤塞苗難種。耕時欲過秋既深，新秧一束值千金。賣男買秧布屋角，秋霖不繼仍黃落。去年嫁女足供糧，今年嫁妻賦莫償。老弱看看溝壑滿，壯者終將四方散。吏胥催租急如虎，推門無人室無釜，空堂時時出饑鼠。[18]

大雨頃盆，河堤沖決，田廬蕩然，死者白骨成堆，屍骸遍地，倖存者哭天喊地，哀苦無告，流離失所。為了交納賦稅，不得不賣掉兒子，嫁出女兒和自己的妻子。即便如此，官吏催租更急，家室空空，只見飢餓的老鼠出入其間。這是一幅令人怵目驚心的圖畫，深刻反映了當時社會現實的一個側面。

丁日昌一生為官，足跡遍及南北許多地方，詩歌中記述遊蹤、描摹山水之作也很多，由此不僅可見詩人的行跡，更重要的是可以見其

18 丁日昌：《百蘭山館古今體詩》卷一（廣州市：廣東省社會科學院，1987年膠印本），頁1。

才情。如《靜觀》云：

> 積晦久不霽，靜觀心自遐。炊煙半林出，老樹對門遮。壁古結石子，牆陰開野花。明朝有晴意，紅日西山斜。[19]

又如《村居》云：

> 邇來門少剝啄聲，日日村居幽趣生。破寺僧歸日西下，隔牆翁欬天欲明。有花有竹助詩興，不送不迎無世情。石枕夢回結習淨，開窗忽見山月清。[20]

可見，丁日昌的記遊寫景之作，多恬淡自然，空靈寧靜，不飾藻采，給人清雅之感，頗有韻味。此類之作反映了這位政治家型詩人內心情感的另一側面，也從一個具體角度反映了具有豐厚傳統、曾產生過無數經典華章的山水景物詩至近代再度興盛的藝術景觀。

丁日昌的詩，不事雕琢出奇、用典隸事，也不講究詞采藻飾，而是帶有實幹派政治家的精神品格，以對社會現實的關注為基礎，從內心真情實感出發，出之以流利暢達、淳樸自然之筆，創作意境簡淡真切、風格樸實率直的詩篇，具有突出的特點。

因此，有論者說丁日昌的詩「雅淡樸淳，詩情甚摯」[21]，是很有見地之論。丁日昌雖不以詩名世，但他的詩作仍然是近代詩歌興盛局

---

19 丁日昌：《百蘭山館古今體詩》卷一，（廣州市：廣東省社會科學院，1987年膠印本），頁2。

20 同上書，頁18。

21 屈向邦：《粵東詩話》，錢仲聯主編：《清詩紀事》第十六冊咸豐朝卷（南京市：江蘇古籍出版社，1989年），頁11526。

面的一種表現。他的詩，對全面地認識這位發生了重要影響的政治人物也具有特殊價值。

三　何如璋的詩文

何如璋（1838-1891），字子峨，廣東大埔人。咸豐十一年（1861）舉人，同治四年（1865）任知縣，同治七年（1868）進士，選庶起士，散館授編修。以通曉西學、究心時務為李鴻章所賞識。光緒二年（1876）以侍讀被任命為駐日本副使，次年升任公使赴日。光緒六年（1880）回國，任翰林院侍讀學士，誥授通奉大夫日講起居注官。光緒九年（1883）任詹事府少詹事，督辦福建船政大臣。次年，法國軍艦入侵馬尾後，協同福建海疆會辦大臣張佩綸組織水師積極備戰，並多次馳電清廷，力主抗法。後以馬江戰敗遭誣革職，充軍張家口。至光緒十四年（1888）充軍期滿賜還回粵，兩廣總督李翰章延請主講韓山書院。後病卒。著有《使東述略》、《使東雜詠》、《管子析疑》、《袖海樓文集》和《袖海樓詩草》等。另外，溫廷敬曾選編何如璋、林達泉與丘晉昕三人文章，輯為《茶陽三家文鈔》，溫廷敬編選的《潮州詩萃》亦嘗收錄何如璋詩歌多首。

《使東述略》和《使東雜詠》是作者在初至日本不足兩個月的時間裏寫成的，二者的篇幅都不長，彼此相互印證，關係極為密切，如果對照閱讀，就能更全面準確地把握作者的創作意圖和思想特點。在何如璋看來，似乎前者更為重要一些。其實若作為文學作品來看，詩歌體的《使東雜詠》的價值絕不在日記體的《使東述略》之下。

從這兩種著作中可以看出，何如璋的思想多是傳統士大夫的舊思想，文章也基本上是由桐城文入手的舊文章；但是何如璋畢竟是較為開放的人物，在面對新世界的時候，這些傳統的東西也不能不發生某些變化，顯示出一些新鮮的氣息。因此，這兩種著作，在近代中日文化交流史上當有一定的價值；從文學史的角度來說，何如璋畢竟是受過正統教育、取得功名且進入仕途的人，又有著較好的學問根底，因此這兩種著作的文學價值同樣值得肯定。

何如璋在《使東述略》中自敘與副公使張斯桂率領隨從官員十餘人、跟役二十六人自光緒三年八月五日（1877年9月11日）出京，十月底（12月初）乘海安兵輪東渡，經日本內海、外海，冬至前五日（12月17日）至橫濱，一個月以後移寓東京月界僧院中國駐日使館的經過。作者嘗這樣概括自己的這些記載：「海陸之所經，耳目之所接，風土政俗，或察焉而未審，或問焉而未詳，或考之圖籍而不能盡合。就所知大略，繫日而記之。偶有所感，間紀之以詩，以志一時蹤跡。」[22]

首先，此書比較注意描述日本的基本情況。日本雖然與中國一衣帶水，但自古以來中國對對方的瞭解並不很多，且多有謬誤；這與日本對中國的關注和瞭解程度相比，不啻天壤之別。何如璋雖未必認識及此，但對這種情形頗有感受。於是，凡經過的地方，如長崎、神戶、大阪、西京、橫濱等，對其地理、歷史、民俗、國政等情況，都有較客觀詳細的介紹。如寫當時長崎人民的生活情形道：

> 俗好潔，街衢均砌以石，時時掃滌。民居多架木為之，開四面窗，鋪地以板，上加莞席，不設几案。客至席坐，圍小爐瀹茗，以紙卷淡巴菰相餉。室雖小，必留隙地栽花種竹，引水養魚，間以山石點綴之，頗有幽趣。男女均寬衣博袖，足躡木

22 何如璋：《使東述略》，鍾叔河主編：「走向世界叢書」之《日本日記·甲午以前日本遊記五種·扶桑遊記·日本雜事詩廣注》（長沙市：嶽麓書社，1985年），頁108。

> 屐。頃改西制，在上者氈服革履，民不盡從也。其女子已嫁，必薙眉黑齒以示別。近弛其禁矣。[23]

尤其重要的是，此書的不少篇幅反映了從明治維新到何如璋一行東渡這不足十年的時間裏日本發生的巨大變化，初步展示了明治以後日本各方面的新氣象。因為日本「明治以還，改革紛紜」，何如璋於是「按其圖籍，訪其政俗」[24]，結果發現「近趨歐俗，上自官府，下及學校，凡制度、器物、語言、文字，靡然以泰西為式」[25]，諸如官制、陸海軍、學校、國計等方面的變化書中都有涉及。如記載呈遞國書過程云：

> 日主西服免冠，拱立殿中。余前趨，副使後隨，參贊齎國書旁立。使臣口宣誦詞畢，參贊捧授國書，使臣捧遞日主。日主挾冠，引兩手敬受，即轉授內卿。宮內卿自懷中取答詞一紙讀之，音琅琅而不可了。出入皆三鞠躬，王答如禮。退，三卿者復從出，至小御所一茶，登車去。其禮簡略，與泰西同。日本前代儀文，尊卑懸絕。其王皆深居高拱，足不下堂，上下否隔。明治之初，參議大久保市藏上表，有曰：「請自今不飾邊幅，從事於簡易。」後用其議，至易服色，改儀制，質勝於文矣。[26]

---

23 何如璋：《使東述略》，鍾叔河主編：「走向世界叢書」之《日本日記・甲午以前日本遊記五種・扶桑遊記・日本雜事詩廣注》（長沙市：嶽麓書社，1985年），頁91-92。

24 同上書，頁104。

25 同上書，頁107。

26 同上書，頁101。

對於這些新鮮事物，作者有時也發表一些議論，由此可以看到他的識見。如在思考日本發生如此巨大的變化時，他將原因歸之於「風會所趨」，思考也算深刻。他說：

> 日本雖僻處東隅，漢唐遺風，間有傳者。一旦舉而廢之。初與米利堅通商，繼欲鎖港拒之，後又仿其法之善者，下至節文度數之末、日用飲食之細，亦能酷似。風會所趨，固有不克自主者乎？[27]

何如璋也經常把在日本的見聞感觸與當時中國的狀況聯繫起來思索，從海外新知中獲得一些重要的啟示。在橫濱，他參觀外國軍艦，「登其舟，軍練而法嚴，船堅而炮利」，於是發表感想說：

> 歐西大勢，有如戰國。……比年來，會盟干戈，殆無虛日。故各國講武設防，治攻守之具，制電信以速文報，造輪路以通饋運，並心爭赴，惟恐後時。而又慮國用難繼也，上下一心，同力合作，開礦治器，通商惠工，不憚遠涉重洋以趨利。夫以我土地之廣，人民之眾，物產之饒，有可為之資，值不可不為之日，若必拘成見，務苟安，謂海外之爭無與我事，不及時求自強，養士儲才，整飭軍備，肅吏治，固人心，務為虛憍，坐失事機，殆非所以安海內、制四方之術也。子曰：「足食足兵，民信之矣。」又曰：「人無遠慮，必有近憂。」可勿念乎？[28]

---

27 同上書，頁102。

28 何如璋：《使東雜詠》，鍾叔河主編：「走向世界叢書」之《日本日記．甲午以前日本遊記五種．扶桑遊記．日本雜事詩廣注》（長沙市：嶽麓書社，1985年），頁100。

可見，何如璋的文章頗為清雅簡約，大膽創新之處無多，還是較為規矩的文士之文，但是從文章內容的角度來看，他在出使日本之際的思想觀念、文化態度尚屬平和務實，他對中日兩國之間的關係也有著較為貼切的看法，還是能夠顯示一位文人外交官的水準和氣質的。

《使東雜詠》六十七首，原附《使東述略》之後，內容亦與之大同小異。但因其以頗為曉暢的七言絕句形式寫成，並於每首之後係以小注，還是有其獨具的思想特色和藝術價值。較之《使東述略》的平和敘述，《使東雜詠》的歌詠則顯得更加生動活潑，饒有趣味。

何如璋一行乘坐的輪船至長崎，進入日本國境，詩人以第六首紀之，詩云：

> 正是張旃入境時，禮行兵舶敬先施。聲聲祝炮環空響，早見黃龍上大旗。（泊舟少頃，我舟掛日本旗，放炮廿一聲，云以敬其國君。彼戍上兵亦懸我龍旗，放炮如數，以敬我大皇帝。蓋西人水師通行之儀，所謂祝炮者也。）[29]

第九首詠取消鎖國閉關後長崎與海外的貿易情況云：

> 東頭呂宋來番舶，西面波斯鬧市場。中有南京生善賈，左堆棉雪右糖霜。（國人多運棉花、白糖來此貿易。「南京生」者，彼人尊我之辭。「生」，猶言先生也。永樂朝，倭大將受明冊封為藩王，立勘合互市，故有此稱。）[30]

---

29 同上書，頁111。

30 何如璋：《使東雜詠》，鍾叔河主編：「走向世界叢書」之《日本日記·甲午以前日本遊記五種·扶桑遊記·日本雜事詩廣注》（長沙市：嶽麓書社，1985年），頁111-112。

第十一首詠長崎女子云：

> 編貝描螺足白霜，風流也稱小蠻裝。薙眉涅齒緣何事？道是今朝新嫁娘。（長崎女子已嫁，則薙眉而黑其齒。舉國舊俗皆然，殊為可怪。而裝束則古秀而文，如觀仕女圖。）[31]

第三十首詠神戶明治以來發生的變化云：

> 極目茅亭海市通，蜃樓層疊構虛空。街衢平廣民居隘，半是歐西半土風。（未初到神戶口，一名茅渟。海港口南敞，山嶺北峙。番樓廛肆，依山附隰約里許。然東人所居皆仄隘，通市以來，氣象始為之一變。）[32]

另外，詩人對鐵路、火車、郵便、機器造紙等新事物，也都作詩吟詠，反映了日本明治以來對外開放的新氣象。如第三十二首詠鐵路云：

> 氣吐長虹響疾雷，金堤矢直鐵輪迴。雲山過眼逾奔馬，百里川原一響來。（初五日往遊大阪。大阪距神戶六十中裏，鐵道火輪四刻即至。煙雲竹樹，過眼如飛。車走渡橋時，聲如雷霆，不能通語。上下車處皆有房，為客憩止之所。）[33]

---

31 何如璋：《使東雜詠》，鍾叔河主編：「走向世界叢書」之《日本日記・甲午以前日本遊記五種・扶桑遊記・日本雜事詩廣注》（長沙市：嶽麓書社，1985年），頁112。

32 同上書，頁117。

33 同上書，頁118。

第五十六首詠電報云：

> 柔能繞指硬碟空，路引金繩萬里通。一掣飛聲逾電疾，爭誇奇巧奪神工。（電氣報以銅為線，約徑分許，用西人所煉電氣。或架木上，或置水中，引而伸之，兩頭經機器係之。所傳之音，傳線以行，雖千萬里頃刻可達。）[34]

何如璋使日期間，與日本友人多有交流，經常應邀為他們的著作題跋作序，也與他們筆談、吟詠唱和，留下了近代前期中日文化交流的史料。如為宮島誠一郎詩集作的《養浩堂詩集序》、《題日本楠中將笠置勤王圖》、《跋日本青山鐵槍戰略新編》等。還有與日本友人酬贈唱和的詩歌，因為那時「彼俗歌舞猶襲唐風」，一些日本人士對中國文化仍懷有友好嚮往的情感，對這些文人外交官所作的詩，也就「一時盛傳之」。[35]如《贈源桂閣故侯》云：

> 輕盈舞袖綰雙鬟，洗盞殷勤勸小蠻。含恨低翻舊時曲，一聲聲是《念家山》。留髡送客日初斜，相約春遊興又賒。記取清明好時節，墨川東岸看櫻花。賓筵酒饌翻新樣，樂府笙歌倚舊聲。沿習太平唐代舞，諸伶白首說西京。[36]

認真地說，這些詩從思想深度到意境營造，都顯得有些平凡，寫

34 同上書，頁125。

35 龍顧山人（郭則澐）纂，卞孝萱、姚松點校：《十朝詩乘》（福州市：福建人民出版社，2000年），頁907。

36 徐世昌輯：《晚晴簃詩匯》第四冊卷一百六十四（北京市：中國書店，1989年影印本），頁194。

得頗為隨意，很難說是嶺南近代詩壇上最好的詩。但是，它們展現了使日人員生活的一個側面，反映了當時中日文人友好相處的情況，是中日文化交流史上的重要資料，自有其獨特的價值。徐世昌嘗評何如璋云：「子峨《詩草》，皆出使日本時所作，當時風氣，得中國使臣翰墨，珍如球璧。詩格雖不高，存之足為采風之一助。」[37]

《使東述略》和《使東雜詠》大致也可作如是觀。它們的價值是文學史的，更是文化史的。何如璋的這些創作，不僅開啟了近代中國人研究日本的先路，成為黃遵憲寫作《日本雜事詩》和《日本國志》的先導，而且，完全可以說，何如璋的這些創作，也對黃遵憲的日本研究發生了直接而深刻的影響。

何如璋的詩歌於今所見者無多，文章亦不多見。假如他的全部文學創作均可面世，對他的研究與認識必然更加充分，他的文學史地位也必將更為重要。僅據《使東述略》和《使東雜詠》即可以認為，何如璋是嶺南近代文學史上一位頗有成就的文學家，應當佔有一席比較重要的文學史地位。

37 徐世昌：《晚晴簃詩話》，徐世昌輯：《晚晴簃詩匯》第四冊卷一百六十四（北京市：中國書店1989年影印本），頁194。

「粵東三家」沈世良、葉衍蘭、汪瑔詩詞簡論

詩文作為一種處於核心地帶的文體，在嶺南文學的崛起過程中發生過極其重要的作用；文人群體的出現，通常是文學發展水準提高和興盛時期到來的標誌；某種文體與某些文人通常出現於文化底蘊豐厚、文學傳統悠久的文化中心地區。沈世良、葉衍蘭和汪瑔三人俱為番禺（今廣東廣州市）人，並稱「粵東三家」，他們的出現，標誌著近代前期廣府文學乃至嶺南文學繁榮時期的到來。

沈世良（1823-1860），字伯眉，番禺（今廣東廣州市）人，原籍浙江山陰。少時即刻苦攻讀，研經究史，博聞強記。嘗從張維屏問學。曾用心於八股制藝之文，但因兵火連年，鄉試不第，僅以貢生終老。咸豐年間與友朋結山堂吟社等詩詞社。咸豐八年（1858）被舉為學海堂學長。咸豐九年（1859）入貲為教官，選授韶州府學訓導，未赴任即辭世。熟於南史和禪學，工駢體文、詩，尤以詞名，「駢體、詩詞，藻思豐贍，於倚聲一道，尤得宋人神韻之遺」[1]。著有《楞華室詞鈔》二卷、《小祗陀庵詩鈔》四卷、《倪雲林年譜》（伍宗曜輯入《嶺南遺書》），又曾與許玉彬合輯《粵東詞鈔》。

沈世良清?多病，窮愁潦倒，抑鬱寡歡，多憂善感；更為不幸者，未及中年，溘然而逝。這樣的人生境遇、身心狀況，就使他的詞

1 張維屏：《清代詩人藝談錄》，程千帆、楊揚整理，楊揚編校：《三百年來詩壇人物評點小傳匯錄》（鄭州市：中州古籍出版社，1986年），頁439。

作中多憂愁傷感、詠歎不幸、寄託相思之音。在詞風上，亦接近南宋張炎、姜夔等詞家，用筆細密婉麗，悠幽纏綿，而益之以淒清哀婉。如《唐多令・送李明遠》云：

> 華髮漸星星，扁舟逐去程。向西風，殘酒初醒。卻笑輕裝如落葉，吹過了，短長亭。驛路瘴花明，檣烏五兩輕。渺天涯，水熟潮生。苦竹黃蘆聽不斷，更聽到，夜猿聲。[2]

《蝶戀花・客燕竟去，沉鱗不來，天末懷人，寤歌永夕》云：

> 題詩一研槐花雨，排遣閒愁，強索歡娛句。客燕辭歸留不住，丁寧又作傷心語。密字封題憑寄與，水闊雲寒，夢入蘆花去。到日樓臺須記取，第三橋畔鶯啼處。[3]

又如《江城梅花引・秋日遊花田諸園棖觸舊懷輒付短竹》云：

> 荻花蕭瑟淺霞明，早潮生，暮潮生，喚取一枝柔櫓過江輕。修竹誰家門可款，水亭外，滿煙波，落葉聲。葉聲葉聲愁人聽，寶蒜停，香篆縈，記也記也，記不了，簧暖笙清。尚有芙蓉梳掠媚秋晴。樓外一痕初上月，曾照見，倚闌干，話玉京。[4]

沈世良的這些詞作，細緻入微、真切傳神地表現了他個人的處境遭遇與心情意緒；另一方面，這些作品也從客觀上反映了封建社會末

---

2 沈世良：《楞華室詞鈔》，卷一，咸豐四年（1854年）刻本，頁1。
3 沈世良：《楞華室詞鈔》，卷二，咸豐四年（1854年）刻本，頁6。
4 沈世良：《楞華室詞鈔》，卷一，咸豐四年（1854年）刻本，頁6。

期一大批窮愁讀書人的精神狀況，包含著一定的社會歷史內容，具有一定的思想認識價值。

其實，沈世良也如同絕大多數士人一樣，關心現實，崇尚氣節，這種情懷在他的詞作中也有所表現。如晚年所作的《浪淘沙·題汪水雲〈黃冠歸里圖〉》即是，詞云：

> 秋草薊門煙，相思年年。滄桑閱遍作神仙。故國山河吹白雁，怕上湖船。心碎玉琴弦，人在天邊。舊時鷗夢許重圓。一樹冬青零落盡，無限啼鵑。[5]

這是一首題畫詞，汪水雲即南宋詩人汪元量，水云為其號。如果結合汪元量的有關情況品讀此詞，就會發現這不是一首普通的題畫詞，而是別有寄託、寓意深微之作。汪元量為宋朝宮廷樂官，宋亡，隨三宮被虜北去。他堅決不仕元朝，後回杭州，出為道士，隱遁江湖而終老。沈世良此詞中對汪元量氣節操守表示欽敬，也見出作者的精神追求與高潔品格。詞的格調也與沈世良大部分篇章有異，此篇意境雄渾蒼涼，筆勢峭拔遒上，見出沈世良詞風老而彌深的特點。

沈世良也以詩名世，頗獲時人稱譽。汪瑔嘗說他「詩學山谷，而益以綿麗」[6]。沈世良之師張維屏也有評論說：「伯眉詩比秋月，麗侔春葩。纏綿之緒，具體玉溪；俊邁之情，追蹤玉局。蓋性靈、書卷熔為一爐矣。」[7]鄭獻甫也說過：「其詩遠仿孫南園而稍斂之，近仿陳元

5 沈世良：《楞華室詞鈔》，卷一，咸豐四年（1854年）刻本，頁7。

6 汪瑔：《旅譚》卷一，光緒十一年（1885年）刻本，頁4。

7 張維屏：《清代詩人藝談錄》，程千帆、楊揚整理，楊揚編校：《三百年來詩壇人物評點小傳匯錄》（鄭州市：中州古籍出版社，1986年），頁439。

孝而稍縱之。」[8]沈世良的近體詩最見功力，五七言律詩尤為出色。因為體弱多病，抑鬱不達，很多時候不免產生多愁善感的情緒，詩集中表現憂傷愁悶、身世飄零、空寂無聊的作品就相當不少。如《秋感》八首之三云：

> 少年風力抗雕翎，中歲岩扉注鶴經。浮白愛吟枯樹賦，駢紅狂草瘞花銘。馬卿多病稱詞客，臣朔長饑是歲星。值得歌堂秋拍碎，本來身世太飄零。[9]

《病起》云：

> 病起思客至，閒門春寂寥。此身如藥樹，止酒過花朝。聽雨青棠落，清齋白社招。鯨魚方跋扈，日月送詩瓢。[10]

因為年少時長期患病，輾轉至七八年之久，甚至有數次幾於不治，瀕臨死亡邊緣，沈世良「病中煩冤怫鬱，則逃於禪以自寬」[11]，有的詩作中就帶有一種皈依佛法情緒和逃禪出世之想，對現實人生的痛苦和不幸採取有意規避、故意忘卻的態度。這實際上從另外一個側面表現了作者深刻的精神痛苦和內心孤獨。又如《歲暮感懷》二首之一云：

> 被棱如鐵日高眠，呵壁無靈懶問天。客勸準衣收畫冊，詩題祀

---

8 鄭獻甫：《序》，《小祇陀庵詩鈔》卷首，同治二年（1863年）刻本，頁1。
9 沈世良：《小祇陀庵詩鈔》卷二，同治二年（1863年）刻本，頁12。
10 沈世良：《小祇陀庵詩鈔》卷四，同治二年（1863年）刻本，頁4。
11 陳澧：《題辭》，《小祇陀庵詩鈔》卷首，同治二年（1863年）刻本，頁4。

灶續神弦。疏狂遊跡呼山賊，禁架塵心對水仙。便擬浮名刪結習，一龕彌勒證枯禪。[12]

抒懷述感之作如此，沈世良的不少詠物詩，也同樣帶有強烈的淒清孤寂情調，在對眼前景物的描繪中，抒發的仍舊是埋藏於心底的哀怨憂傷之情。《得月臺晚眺》云：

無月亦登臺，松風落日哀。秋聲隨地起，詩膽破空來。人海填胸窄，江山倦眼開。叢祠餘斷碣，草草拓莓苔。[13]

《夜行平遠道中書所見》寫道：

江折路迴環，孤舟蒼莽間。星光思替月，水氣欲沉山。漁火知村近，荒磷上樹閒。平生事幽討，未惜鬢毛斑。[14]

以上二詩中，雖有句頗顯沉渾慷爽，氣勢雄健，如「秋聲隨地起，詩膽破空來」，「星光思替月，水氣欲沉山」等，但全詩仍見出作者的滿懷憂悶。因此有論者評其人其詩云：「幾卷遺詩在，悲涼語最工。何人呼島佛，此事逼涪翁。身世干戈際，文章涕淚中。傷心無限感，應不為途窮。」[15]又有云其詩：「寄託言尤隱，疏狂意自憐。鬢絲禪榻畔，淒絕杜樊川。」[16]俱為極有見地、頗得詩心之品評。

---

12 沈世良：《小祇陀庵詩鈔》卷一，同治二年（1863年）刻本，頁6。

13 同上書，頁11。

14 同上書，頁12-13。

15 汪瑔：《題詩》，《小祇陀庵詩鈔》卷首，同治二年（1863年）刻本，頁5。

16 蘊磷：《題詩》，《小祇陀庵詩鈔》卷首，同治二年（1863年）刻本，頁6。

沈世良有的詩篇，也寫得清麗明快，深情可喜，但他心境爽朗、真正得意的時候畢竟太少，這樣的作品也就當然不可能很多。如寫兄弟重聚親情的《抵裏後喜示諸弟》云：

> 乍見欲何語，相看各破顏。生還今日幸，(黑夜渡大米灘，中流舟破幾溺）歸夢昔時難。花竹亦和氣，詩書羅古歡。陔南貧養好，菜把送園官。[17]

寫傍晚漫步小溪邊所見眼前景物的《荷溪晚步》云：

> 晚雲吹雨洗春愁，偷眼蜻蜓避客舟。一樹梨花半篙水，東風如雪不回頭。[18]

沈世良是一位非常關注社會現實、深切體察民生饑苦的詩人。他生命的最後幾年，正是太平天國如火如荼、波及全國的時候。正所謂「身世干戈際，文章涕淚中」[19]。他對這一空前的大事變極為關注，並在詩中有所表現，由此可見他的入世之心和現世情懷。《秋感》八首之一就反映了當時動盪不安、戰亂頻仍的社會現實和人民穩定太平、安居樂業的願望：

> 搖落鄉關賦北征，幾時樽酒話昇平？星搖大角纏兵氣，樹激悲風叫弩聲。今古橫胸供灑涕，干戈何地置浮生？黃皮褲褶公然

---

17 沈世良：《小祇陀庵詩鈔》卷一，同治二年（1863年）刻本，頁13-14。

18 沈世良：《小祇陀庵詩鈔》卷四，同治二年（1863年）刻本，頁5。

19 汪瑔：《題詩》，《小祇陀庵詩鈔》卷首，同治二年（1863年）刻本，頁5。

好，鞲馬思隨驃騎營。[20]

咸豐三年（1853），太平軍與清軍激戰正酣，太平軍包圍並攻破南京城，定都於此，清廷為之震動。沈世良遠在嶺南，對局勢也非常關注，並寫下《癸丑感事十首》，其三、其十寫道：

> 大雲山外火雲昏，管鑰何人任北門。早見孤城危黑子，尚馳吉語料烏孫。萬言未究平戎策，一死何能報國恩？猶勝檀公議上著，好憑哀些為招魂。[21]鐵馬金戈建業城，牛頭雙闕舊陪京。沿江遽撤西陵戍，突騎虛張北府兵。詎有機雲通將略，更無廉藺共功名。憂時事事堪危涕，莫指疏狂怪賈生。[22]

與封建社會絕大多數讀書士子一樣，沈世良對太平天國的基本態度也是從正統思想出發，表示反對，而希望清廷清軍能夠強有力地迅速地平定戰亂。但是這些作品也客觀上反映了清廷的毫無生氣、日漸衰落，清軍的無能為力、無將無才，具有一定的認識價值。詩中表現出來的傷時念亂、悲天憫人的情緒，也有一定的積極意義。

葉衍蘭（1823-1897），字蘭雪，又字南雪，號蘭臺，番禺（今廣東廣州市）人，原籍浙江餘姚。少年時就讀於越華講舍，咸豐二年（1852）舉人，咸豐六年（1856）進士，選翰林院庶起士，散館授戶部主事。繼考取軍機章京，專事文字辭翰工作二十餘年。晚年回籍，主講越華書院十年，亦曾在其它書院講學，門弟子甚眾，冒廣生、潘

---

20 沈世良：《小祇陀庵詩鈔》卷二，同治二年（1863年）刻本，頁12。

21 同上書，第4頁。

22 同上書，第5頁。

飛聲、姚紹書等俱出其門。葉衍蘭能詩善詞，工小篆行楷，擅丹青，精鑒賞，深諳金石考據之學。著有《秋夢庵詞鈔》二卷、續一卷、再續一卷，《海雲閣詩鈔》一卷，《清代學者像傳》，等等。葉衍蘭曾選己作與沈世良、汪瑔詞合刻為《粵東三家詞》，世稱三人為「粵東三家」，蓋由此而來。後來，譚獻嘗亦將三人所作詞合刻為《嶺南三家詞鈔》，使三人聲名更著。

葉衍蘭之父英華，亦有詞名，著有《花影吹笙詞》二卷，「皆搜輯於兵火之餘，馨逸自成南宋遺則」。[23]潘文勤有云：「當其哀樂所流，纏綿靡極，亦自有不得已之故在也。」[24]

葉衍蘭承其父詞風之緒餘，所作多體格綿麗之詞。除了父親的影響之外，衍蘭詞風格的形成，與他學習填詞的入手取徑也有很大關係。他少時即對詞這種文學樣式非常喜歡，學為長短句，從閱讀、學習《花間集》開始。因此，他青年時期的作品，多為婉麗惻豔之詞。如集中早年名篇《長亭怨慢》：

> 已拼作，天涯羈旅。半壁殘燈，恁般離緒。珊淚緘紅，瑤情懺碧，奈何許。斷魂千疊，都做盡，愁絲縷。影事忒淒涼，可記得，文鴛雙屧？延佇。只梧桐院落，幾點疏楓冷雨。秋心一握，化蝴蝶，夢中飛去。又恐隔，霧露芙容，訴叙約，無人為主。剩淡月銀屏，猶照鏡鸞棲處。[25]

此詞融情入景，以景述情，間以抒情，寫旅懷相思之情，天涯漂

23 冒廣生：《小三吾亭詞話》卷一，冒懷辛整理：《冒鶴亭詞曲論文集》（上海市：上海古籍出版社，1992年），頁17。

24 同上書，頁18。

25 葉衍蘭：《秋夢庵詞鈔》卷二，光緒十六年（1890年）羊城刊本，頁3。

泊之感，真摯深沉，纖細縝密，婉麗纏綿，頗得晚唐五代以來婉約詞家的韻致。

中年以後，隨著閱歷的加深，技藝的成熟，葉衍蘭的詞作內容和風格都發生了較大的變化，顯得更加老到凝重，骨格蒼勁，韻味清空。正如葉衍蘭自己曾經說過的：「壯歲而還，憂愁幽思，所作半緣寓感，又迭遭兵燹，十無一存。壬午秋閒，乞假旋里，僅從故紙堆中，檢得數首。同人復以昔時所錄環示。叢殘拉雜，隨手抄存，釐為二卷。索觀者眾，苦乏鈔胥，爰付手民，以代掌錄。今年已垂暮，學道未能，不復作少年綺語。然春蠶未死，尚有餘絲，早雁新鶯，月闌花謝；情懷棖觸，忍俊不禁。嗣有所作，當續附於後。」[26]他更多地將自己大半生的身世之感、憂幽之思寄寓在詞作中，其詞可謂老而彌健。有論者說：「先生詞品人品皆清絕高絕，又能文章，精鑒賞，丹青篆刻，餘事靡不兼工。……以詞境論之，潔淨精微，追蹤白石，纏綿悱惻，嗣響碧山，蓋先生之詞品可見，先生之人品亦可見矣。」[27]又有云：「《秋夢庵詞》刻意夢窗，而得玉田之神。」[28]如向為人們所推重的《水龍吟．五月十五夜，偕汪芙生瑔、杜仲容友韋登粵秀山看月，同芙生作》云：

> 銀蟾何處飛來？碧空卷得炎飆淨。樓臺一抹，是煙是水，熔成清景。道冷呼鸞，天高唳鶴，露淒風警。料廣寒今夕，素娥無睡，晶簾外，羞孤影。我欲淩虛絕頂，洗塵襟，玉壺冰鏡。穠花錦石，漢家遺恨，那堪重省！惆悵江南，有人歸夢，相思愁

---

26 葉衍蘭：《自記》，《秋夢庵詞鈔》卷首，光緒十六年（1890年）羊城刊本，頁1。

27 易順鼎：《序》，《秋夢庵詞鈔》卷首，光緒十六年（1890年）羊城刊本，頁1。

28 冒廣生：《小三吾亭詞話》卷一，冒懷辛整理：《冒鶴亭詞曲論文集》（上海市：上海古籍出版社，1992年），頁16。

證。(仲容有歸梁溪之信)試憑欄長嘯,横吹紫竹,喚啼烏醒。[29]

借寫月華,以寄相思,在中國古典詩詞中,這樣的作品恐難計其數。但此詞還是作出了它的特色,將友朋之間的惜別相思之情與古今盛衰之思、滄桑變遷之感聯繫起來,打通上下古今,營造了一個博大渾闊、縱橫遼遠的境界,讓人讀之,不能不思之再三。又如他的另一首名作《瑤花・辛酉七月十五夜,坐月綠莊嚴館,秋光欲波,天人息籟,老蟾素輝,盟予孤寂,意有所感,倚横竹寫之》云:

纖雲淨洗,萬里涵輝,瓊宇都澄澈。花魂初醒,簾乍卷,冷浸一庭涼雪。塵襟盡滌,渾不覺,天風飄瞥。歎素娥依舊團圓,明鏡幾曾傷缺?高吟拍遍闌干,問法曲霓裳,今向誰說?河山無恙,還憶否,當日廣寒宮闕?危樓獨倚,聽鶴背,瑤笙清絕。瞰秋江喚起魚龍,横竹數聲吹裂。[30]

此詞作於咸豐十一年(1861),前數年,正值第二次鴉片戰爭爆發,結果以清朝再次與英法列強簽訂喪權辱國的不平等條約為結局。作者於夜深人靜、圓月當空之時仰望長天,又眼看已經殘破不堪、滿目瘡痍的祖國河山,難以抑制一腔悲憤,於是寫下這一憂憤痛切、悲愴蒼涼的詞篇。以古喻今,反話正說,用意警策,寄託遙深,深致譏刺。詞人悲天憫人、愛國戀土的情懷歷歷可見。

葉衍蘭晚年寫下的《菩薩蠻》十首也是被歷來論者推重的作品。這組詞乃是作者有感於清政府在甲午戰爭中戰敗,與日本簽訂《馬關

29 葉衍蘭:《秋夢庵詞鈔》卷一,光緒十六年(1890年)羊城刊本,第2頁。

30 葉衍蘭:《秋夢庵詞鈔》卷一,光緒十六年(1890年)羊城刊本,頁6-7。

條約》之事而作，記載了當時的一些重要史實，同時抒發了作者無比悲憤、痛心疾首的情懷。茲錄出幾首如下：

> 琅璈鈿瑟瑤池宴，素娥青女時相見。濁霧起樓蘭，邊風鐵騎寒。扶桑東海樹，移種荒崖去。淚眼望斜陽，關山別恨長。（其二）
>
> 淮南赴召牙璋起，紫皇寵報金如意。烽火已漫天，何時著祖鞭？清人河上樂，卿子誰偕作？大漠陣雲昏，淒涼烈士魂。（其五）
>
> 金鑾下詔瓊宮裏，繡裳特為蒼生起。瓊戶玉樓臺，誰教斫桂來？乘槎空掛席，未採支機石。青瑣點朝班，琵琶出塞難。（其七）
>
> 窮鱗縱壑滄溟闊，姮娥巧計能奔月。天際動輕陰，冥鴻何處尋？青燐飛不斷，慘慘蟲沙怨。江上哭忠魂，同仇粉將軍。（其八）
>
> 卅年競鑄神州鐵，水犀翻波蛟螭截。雷火滿江紅，傷心駭浪中。長城吾自壞，添築蠮螉塞。廷尉望山頭，思君雙淚流。（其十）[31]

可見，即便是晚年鄉居講學時的葉衍蘭，仍是抱有一顆積極的入世情懷和愛國深情，仍是對國家民族的命運、普通百姓的生活表現出深切的擔憂。這種執著深摯的家國情懷使他的詞作獲得了可堪回味、意味深長的特點，也蘊含著一股渾厚之氣。

在「粵東三家」中，聲名最盛者當數葉衍蘭。故有評論說：「南

---

31 葉衍蘭：《秋夢庵詞鈔》，光緒十六年（1890年）羊城刊本，轉引自鍾賢培、汪松濤主編《廣東近代文學史》（廣州市：廣東人民出版社，1996年），頁94-95。

雪先生，其粵之竹垞、迦陵乎？……所著《秋夢庵詞》，雖不若竹垞、迦陵之富，而掃除浮豔，刻意標新，直合石帚之騷雅，夢窗之麗密，梅溪、竹山之疏俊駘蕩而為一手，又奚以多為哉？……即以詞論，知足繼載酒之集，烏絲之譜，於三山五嶺間創新聲而賡絕調也。」[32]於此可見葉衍蘭詞在嶺南詞家中的重要地位之一斑。

葉衍蘭不僅擅詞，亦能詩，「其少日乃盛以詩鳴於時」[33]，只是晚年回籍講學以後，才專意填詞，不復措意於詩而已。晚年亦不大喜歡以其詩全部示人，對於弟子亦復如此，蓋「猶自以為未足者」[34]。葉衍蘭早年在廣州參加詩社，曾有詠鴛鴦詩句云：「笑我夢寒猶待闕，有人情重不言仙。」有柳氏翁見之，驚歎不已，於是以女兒嫁與衍蘭，一時傳為美談佳話，並以此獲得「葉鴛鴦」之稱。[35]此事亦可見葉衍蘭之過人才華。

今傳《海雲閣詩鈔》為葉衍蘭文孫恭綽於衍蘭逝後所編，尚非其詩之全部，然亦可見葉衍蘭詩之概貌。其中最常見者為題畫、贈答和詠懷之作，尤長於近體。總起來說，其詩於暢達真率之中融入深婉綿麗，於淺近直截之中透出淒清幽遠，極富感染力和創造性，深得中晚唐詩的妙處。因此有評論說葉衍蘭詩「而其存者，上追元、白，平視溫、李，則固足以信今傳後無疑也」[36]，是頗為公允之品評。

葉衍蘭的詠懷之作，情感多深沉凝重，格調亦溫婉清幽，意境綿

---

32 張景祁：《序》，《秋夢庵詞鈔》卷首，光緒十六年（1890）羊城刊本，頁1-2。

33 冒廣生：《海雲閣詩鈔・跋》，冒懷辛整理：《冒鶴亭詞曲論文集》（上海市：上海古籍出版社，1992年），頁491。

34 冒懷辛整理：《冒鶴亭詞曲論文集》（上海市：上海古籍出版社，1992年），頁491。

35 參考冒廣生《海雲閣詩鈔・跋》，冒懷辛整理：《冒鶴亭詞曲論文集》（上海市：上海古籍出版社，1992年），頁491。

36 冒廣生：《海雲閣詩鈔・跋》，冒懷辛整理：《冒鶴亭詞曲論文集》（上海市：上海古籍出版社，1992年），頁491。

邈不盡，餘韻遼遠悠長，耐人尋味。如《感舊絕句》二首云：落盡梨花晝掩門，畫簾微雨又黃昏。雕闌六曲窗三面，縱不思量也斷魂。閒庭風露劇淒清，寂寂光臺暗度螢。一襲羅衣涼似水，夜深無語看疏星。[37]

葉衍蘭詩之最為人所推重者，也是他自己認為可以留傳的作品，即是《病黃自嘲》七律四首。葉衍蘭嘗於垂暮病篤之時，手書此詩寄與時在吳門的弟子冒廣生，並交待說：「異日有為國朝人詩綜者，存吾鱗爪可矣。」[38]葉衍蘭如此看重的詩作究竟如何？茲錄出如下以共賞之：

> 吟到秋花瘦骨單，居然黃面學瞿曇。陡驚雲物來蒸菌，那有瓊貽遠贈柑。守日何曾人瑞見，題碑只覺色絲慚。忽然欲作遊蜂想，斜抱花枝笑不堪。
>
> 書生那有覆袍身，只聽彈琴樹底聲。幾度鵑啼埋土恨，頻年鸝吹說風情。赤松何處來尋石，靈藥無由偏覓精。那有金臺能市駿，好憑阿姊護長生。
>
> 轉綠回時劇可憐，竟同梅雨夏初天。吟成豆葉詞人曲，說到槐花舉子顛。半世青燈叢卷裏，忽來白葦亂茅前。更無粉額親磨墨，替寫河流遠上篇。
>
> 由來我是土摶人，難說精金鑄島身。一領青衫仍鷂子，卅年烏帽抗蹄塵。蘗含定覺心中苦，粱熟誰貪夢裏真。雲海更無登覽興，詩吟山谷倍愴神。[39]

37 葉衍蘭：《海雲閣詩鈔》（1928年刊本），頁14。

38 冒廣生：《海雲閣詩鈔．跋》，冒懷辛整理：《冒鶴亭詞曲論文集》（上海市：上海古籍出版社，1992年），頁491。

39 葉衍蘭：《海雲閣詩鈔》（1928年刊本），頁39-40。

詩人在意識到自己的生命即將終結的時候，百感交集，無可逃脫。一種天虛生我、一事無成的失落感，一種無力迴天、一切枉然的蒼茫悲愴，齊集心頭；然而在流諸筆端之時，詩人卻是頗為節制、欲說還休。正是在這樣的情感狀態和藝術處理之間，葉衍蘭的複雜情緒、人生體悟、藝術修養和詩歌風格再一次得到充分的展現。其《海雲閣詩鈔》以此詩殿後，當亦有深意存焉。

汪瑔（1828-1891），字玉泉，一字越人，號芙生，又號谷庵，學者稱谷庵先生，番禺（今廣東廣州市）人，原籍浙江山陰。幼聰慧，然於科舉一途不利，屢遭挫折。先在曲江、潮州等地為幕客，輔佐郡縣。光緒元年（1875），劉坤一任兩廣總督，延請汪瑔主持洋務。後任張樹聲、曾國荃等亦皆得汪瑔讚助。曾國荃至服汪瑔偉才，歎為國寶。汪瑔在劉坤一等人幕中前後十餘年，以才略著稱。此數人皆倚重之。後以捐納得國子監生資格，獲同知銜。汪瑔淡於仕宦，生平博覽群書，以吟詠著作終老。工於詩詞，駢文散文亦有名，精漢隸書。汪瑔在當時文壇頗有聲名，張維屏、林昌彝、陳澧、文廷式、陳寶箴等俱稱賞其為詩與為人。著作甚豐，輯為《隨山館全書》，其中包括詩集《隨山館猥稿》十卷、《隨山館續稿》二卷，筆記《旅譚》五卷，文集《隨山館叢稿》四卷，《隨山館尺牘》二卷，詞集《隨山館詞稿》一卷、《隨山館詞續稿》一卷，《無聞子》一卷，《松煙小錄》六卷。又其子兆銓、婿朱啟連在汪瑔逝後將其詩選刻為《隨山館詩簡編》四卷。

汪瑔既為「粵東三家」之一，享有詞名自不待言。他嘗論詞曰：「詞者，詩之餘也。詩緣情而綺靡，惟詞亦然。必先有纏綿婉摯之情，而後有悱惻芬芳之作。情之所至，文自生焉。清空可也，澀亦可也。非然者，鏤冰翦採，真意不存，獨區區求工於字句間，庸有當乎？」[40]可見他更為重視詞的真情實感，強調詞的「真意」，對於清初以來詞壇始以清空為宗、後以僻澀矯之的局面，汪瑔倒認為這並非創作的根本，對此應該採取相容並包的態度。可見他持論較公允，見解較通達。

但從《隨山館詞稿》中的作品來看，汪瑔與清代浙江派詞家有更多的相近之處。這一方面與汪瑔原籍浙江不無關係，也與他科場屢躓、為人幕賓、抑鬱不達的生活經歷有關。故有評論說其詞「兼有北宋之秦，南宋之姜」[41]，又有論其詞曰：「詞貴清空，然須於質實中見清空，乃真清空爾。谷庵先生諸作，殆無愧此言。」[42]冒廣生評汪瑔更有云：「詩及駢散文、詞，色色皆似樊謝。義山而後，此為第一記室也。」[43]

汪瑔詞中，多感歎身世的哀怨愁苦之音，低回婉轉，深摯沉痛。如《浣溪紗・晚泊清遠》，以景物烘託、表現羈旅在外的一懷愁緒，寫得柔婉簡約：

> 酒醒微聞打槳聲，推篷剛卸片帆輕，一枝塔影認山城。野港桃花三尺水，夕陽桑柘一村晴，客愁還共晚潮生。[44]

---

40 陳良玉：《序》，《隨山館詞稿》卷首，《隨山館續稿》後附，同治七年戊辰（1868年）刻本，頁1。

41 朱鑒成：《題詞》，《隨山館詞稿》卷首，《隨山館續稿》後附，同治七年戊辰（1868年）刻本，頁1。

42 辛中仁：《題詞》，《隨山館詞稿》卷首，《隨山館續稿》後附，同治七年戊辰（1868年）刻本，頁1-2。

43 冒廣生：《小三吾亭詞話》卷二，冒懷辛整理：《冒鶴亭詞曲論文集》（上海市：上海古籍出版社，1992年），頁19。

44 汪瑔：《隨山館詞稿》，《隨山館續稿》後附，同治七年戊辰（1868年）刻本，頁1。

《翠樓吟·清明日坐碧痕館中，微雨如夢，薄寒中人，顧影微吟，不勝淒黯，賦此簡仲容、蘭臺諸子》一詞，痛切憂怨，淒清綿邈，一唱三歎，更是集中愁苦之音的代表作：

> 雨不成絲，雲還作暝，簾波微隔香霧。禁煙都過了，是誰把，餘寒留住？銷凝幾許？在酒乍醒時，夢曾遊處，有人似我，慣吟《愁賦》。欲與。俊賞清歡，向綠蕪東郭，紅橋西堍。蘼蕪憔悴矣，怎重趁，踏青人去。天涯倦旅。算燕子應知，近來情緒。傷心路，一川煙草，二分塵土。[45]

汪瑔還有不少詞作，將自己的憂傷愁悶與孤獨寂寥融為一體，以相思之情道出詞人心底的哀涼傷感，表現身世不遇之感，剴切動人。《一翦梅》云：

> 待炙銀笙暖玉簫。九九餘寒，數到花朝。小紅樓隔小紅橋。負了春風，誤了春潮。一種閒愁不肯銷。似雨絲絲，似水迢迢。燈昏酒醒又今宵。縱不相思，也自無聊。[46]

《蝶戀花》云：

> 紅樓西畔鸝三請。煙雨重尋，綠黯蘼蕪徑。行近雕闌心自省。袖羅憑處香猶凝。吹盡柳絲風未定。花嚲斜陽，畫出春人影。幾日相思如小病。酒懷易醒愁難醒。[47]

---

45 汪瑔：《隨山館詞稿》，《隨山館續稿》後附，同治七年戊辰（1868年）刻本，頁7。

46 同上書，頁18。

47 同上書，頁1。

汪瑔寫景詠物之詞亦工。這類作品之最為人推重者，《齊天樂·秋蟬》是其中之一，全詞如下：

> 西風一夜來何易，寒聲已傳高樹。乍響琴絲，相看鬢影，也自蕭條如許。秋心似訴，正衰柳斜陽，古槐疏雨。警我分明，故園蕪色在何處？天涯有人聽取，但更番斷續，涼共煙語。黃葉宮深，白頭客老，一樣淒涼情緒。功名漫與。算問到金貂，此生應誤。且學神仙，五銖宵飲露。[48]

通篇詠蟬，以蟬自況，寄託遙深。正如有論者所說的：「鏤月裁雲字字工，旗亭幾度唱春風。誰知蕭瑟江關意，都在長謠短拍中」；「江湖載酒悔狂名，容易詞人白發生。惆悵洲一枝笛，吹來多半是秋聲」。[49]

與汪瑔大部分詞作的低沉掩抑、淒清落寞相映，集中也有意境較渾闊曠遠、格調較沉雄清奇者。名篇如《百字令·五月望夜，偕葉蘭臺、杜仲容、季英登粵秀山看月》云：

> 空山今古，問月明如許，百年能幾？夜半猶來淩絕頂，吾輩清狂如是！城郭千家，樓臺一片，都化空蒙水。扶胥何處？海天風露無際。相與茗碗分曹，蕉衫袒右，頓忘人間世。好事肯同河朔飲，但詡浮瓜沉李。疊磴雲生，荒臺地古，忽忽生涼意。松陰鶴睡，試憑長簜吹起。[50]

---

48 汪瑔：《隨山館詞稿》，《隨山館續稿》後附，同治七年戊辰（1868）刻本，第2頁。

49 潘猷：《題詞》，《隨山館詞稿》卷首，《隨山館續稿》後附，同治七年戊辰（1868年）刻本，頁3。

50 汪瑔：《隨山館詞稿》，《隨山館續稿》後附，同治七年（1968年）刻本，頁5。

陳澧嘗有詩讚譽汪瑔的詩詞與文章，詩曰：「嶺南風雅衰頽日，拔戟詞壇大有人。幕府文章歸典碩，山堂詩筆迥清新。兵戈已見滿天地，杯酒何須問主賓。正憶秋城聞角夜，霜風殘月最傷神。」[51]文廷式亦曾評說汪瑔其人其詩云：「汪丈谷庵，今之隱君子也。其立身行志，皦然不欺，出於儒家；而其退然自居，不欲為天下先，則又得之於道家。故其為詩也，稱物芳而志彌潔，出辭婉而情彌深；淵乎有憂世之心，而在言逾孫，泊乎有高世之概，而與物無爭。《易》曰：『遁世無悶。』《老子》曰：『上德若谷。』三復斯編，殆于謙之矣。」[52]

如對汪瑔的詩歌創作作一歷時性的考察，則會發現其詩內容與格調均發生過較大的變化，看到其詩歌創作隨著作者生活閱歷的加深與藝術修養的提高，逐漸走向成熟凝重的過程。對此，沈世良有過較詳細的品評，他說：「芙生三十以前詩，如萬柳樓臺，百花闌楯，氣之春也；三十以後詩，如松風送籟，澗壑飛泉，時之夏也。以視二十歲前朗秀妍潤之作，已再變矣。為之不已，變而愈工，必將有澹遠如秋天雲，靜修如冬天雪者。詩非變不能工，而其所以變，則人巧所至，天機應之。蓋不期其變，而自不能不變也。」[53]汪瑔之婿朱啟連也在《汪先生行狀》中記述道：其詩「初擬溫、李，晚依范、陸，幽遠深曠，造乎自然，後世必有疑為南宋、金元間人者；其高者，乃中晚唐音矣。」[54]由這些評論中可見汪瑔詩歌的入手取徑、風格特色之一斑。

汪瑔早年詩作，從學習溫庭筠、李商隱等詩家入手，溫婉綿遠，清幽密麗，亦時見風神氣骨，亮拔自喜。此類之作雖尚不足以代表汪

51 陳澧：《題詞》，《隨山館詩簡編》卷首，光緒十七年（1891年）刻本，頁1。

52 文廷式：《序》，《隨山館詩簡編》卷首，光緒十七年（1891年）刻本，頁3。

53 沈世良：《題詞》，《隨山館詩簡編》卷首，光緒十七年（1891年）刻本，頁2。

54 轉引自鍾賢培、汪松濤主編《廣東近代文學史》（廣州市：廣東人民出版社，1996年），頁100。

瑔詩歌的最高成就，亦可見詩人的過人才情和獨特稟賦。如十九歲時所作《讀書》云：

> 古今不相識，我乃思古人。霞想崇在昔，海懷蕩無垠。求之文字間，未必得其真。鶴企遠相望，鴻冥難與親。懷哉事雲杳，逝者跡已陳。殘編一相對，俯仰悲飆塵。[55]

又如十八歲時所作的《三十六江樓》云：

> 我家三十六溪上，來登三十六江樓。西風萬里送寒意，對此茫茫生遠愁。蕭然野色下黃葉，邈矣客懷隨白鷗。他鄉有酒不能飲，搖落山川何處秋？[56]

道光二十一年（1841），英軍再次進犯浙江定海，總兵葛雲飛等率將士據守定海土城，血戰六晝夜，並衝入敵陣，拼死作戰，受傷四十餘處，最後中炮犧牲；其妾從敵陣中勇奪將軍屍首還而安葬之。汪瑔有詩《葛將軍妾歌》記其事，尤其突出了她「遽集婢僕及剩卒，得數百人，奪公尸歸，葬於山陰，蓋奇女子」[57]的形象。此詩為作者二十一歲時所作，通過對葛將軍及其妾的讚頌，表現了作者憂時愛國的熱情，深刻地諷刺了那些在對敵作戰中不力甚至貪生怕死的將士，那些苟且偷安之輩連將軍之妾都遠遠不如。立意警策，啟人深思；淋漓酣暢，氣勢雄健，為詩人早年之作中難得的佳作，久已膾炙人口，具

55 汪瑔：《隨山館詩簡編》卷一，光緒十七年（1891年）刻本，頁1。

56 同上。

57 汪瑔：《序》，《葛將軍妾歌》之首，《隨山館詩簡編》卷一，光緒十七年（1891年）刻本，頁1。

有詩史價值。詩的結尾寫道：

> 一從巾幗戰場行，雌霓翻成貫日明。不負將軍能報國，居然女子也知兵。歸來慟哭軍門柳，心與孤臣同不朽。只恨凝之海上軍，不如李侃閨中婦。一樣桃花馬上身，蛾眉今古幾傳人。君不見同鄉舊有蕭山沈，異代猶誇石柱秦？[58]

有論者說：「谷翁《貽辛中仁》詩云：『布衣報國心，期汝終不變。』觀谷翁詩，當以此求之。若夫句律之工，才藻之富，則深於是道者皆知之，不俟贅語矣。」[59]汪瑔中年以後之詩，愈發如此。他對社會的體察愈來愈深刻，對自己的人生境遇也有更深切的體認，尤其是由於任幕僚多年，有機會較多地瞭解下層人民的生活處境。因此在後期創作中，表現普通百姓喜怒哀樂、生產生活的作品，與歌詠個人身世不遇、慨亂傷離、憂愁煩悶的作品，就佔有頗為突出的位置。詩歌的境界、格調亦隨之有所變化，增添了些婉約沉潛、清越淡泊。汪瑔的不少詩篇，具有詩史價值。

《老農歎》、《秋旱謠》等篇，頗得白居易、元稹「新樂府」之餘韻；後者徵引廣東地區民謠入詩，表現大旱給農民帶來的憂愁和詩人對他們的同情，很有特色。四十六歲時所作《苦雨謠》也是此類作品中引人注目的一首，詩曰：

> 二月收新糧，三月插早禾。早禾固須雨，得雨復苦多。如何一雨三十日，坐令阡陌成江河？新秧不著土，浮漾如蓬科。老農

58 汪瑔：《隨山館詩簡編》卷一，光緒十七年（1891年）刻本，頁2。
59 孫福清：《題詞》，《隨山館詩簡編》卷首，光緒十七年（1891年）刻本，頁2-3。

> 蹙額披一蓑，黑雲四合重滂沱，今年早作將柰何？將柰何？可憐許為告：老農勿浪語，催租縣吏將到門，作速還傢俱雞黍（廣東稱早稻為早作）。[60]

淫雨無盡，田成江河，民不聊生，逼租到門，哀苦無告的老農形象揭露了當時社會現實的某些本質方面，見出作品的思想深度。

感慨個人身世的作品，如光緒三年（1877）詩人四十九歲時所作《閱世》云：

> 閱世心如水，欺人鬢有絲。更從多病後，卻憶少年時。浮海風濤倦，藏山歲月遲。惟應漆園叟，曠達足吾師。[61]

又如光緒七年（1881）詩人五十三歲時所作《十二月十八夜作》云：

> 身世仲宣羈旅日，文章杜牧罪言餘。布衣豈有匡時略，老屋寒衾夢著書。[62]

此類之詩，或寫得清空曠達，或寫得憂愁傷感；詩人對於自己的情感雖頗為節制，但其中包含的懷才不遇的人生感慨，有志難達的傷情，還是清晰可感，頗堪玩味。

汪瑔逝世前二年（光緒十五年，1889）所作的《積雨遣懷》，更

60 汪瑔：《隨山館詩簡編》卷二，光緒十七年（1891年）刻本，頁8。

61 轉引自鍾賢培、汪松濤主編《廣東近代文學史》（廣州市：廣東人民出版社，1996年），頁103。

62 汪瑔：《隨山館詩簡編》卷三，光緒十七年（1891年）刻本，頁13。

是隱憂深重，韻味悠長：

> 陸賈城邊野色昏，越王臺畔雨翻盆。西來雲氣連山郭，東下濤聲接海門。三日霖甘猶善頌，百川瀾倒孰深論。虛傳故事黃樓記，漫遣煩憂綠酒尊。[63]

詩人將一己華年已逝、一事無成的感慨與國家的局勢動盪融合於一，將個人的孤獨憂傷與時勢的危殆難堪結合起來表現，雖寫得頗為含蓄，仍可見詩人難平的思緒與湧動的情感。這類作品，反映了汪瑔後期詩歌的思想和藝術特點，也表明了他晚年的心境和心態。

總之，沈世良、葉衍蘭和汪瑔「粵東三家」，雖皆仕途不暢，一生困頓，但是他們的詩詞以其突出的思想與藝術個性，足以代表近代前期廣府詩人乃至嶺南詩人的創作風貌，發生了顯著的影響。加之三人劬勞苦讀，學養俱佳，皆有講學授徒經歷，門弟子甚眾，遂對嶺南文學與學術變遷產生了重要影響。「粵東三家」實際上成為嘉慶、道光時期張維屏、黃培芳和譚敬昭「粵東三子」的繼承，也成為光緒以後以黃遵憲、康有為、梁啟超、梁鼎芬等為代表的一大批詩人的先導。因此，處於嶺南近代文學歷史轉換時期的沈世良、葉衍蘭和汪瑔，應當在嶺南近代文學史上佔有相當突出的地位。

---

63 汪瑔：《隨山館詩簡編》卷四，光緒十七年（1891年）刻本，頁8。

熱中人作冰雪文

——容閎《園居十首》及其它

廣東香山（今廣東珠海市）人容閎（1828-1912）是中國第一個畢業於美國著名大學的留學生。他於道光三十年（1850）考入耶魯大學，咸豐四年（1854）以優異的成績畢業，獲學士學位，翌年回國，試圖為衰弱的祖國效力，盡一分赤子之心；他的英文回憶錄 My Life in China and America 於1909年在美國紐約出版，1915年徐鳳石、惲鐵樵將其譯成中文，交商務印書館出版，把書名譯為《西學東漸記》，從此該書廣為流行，至今不衰。凡此都是人們熟知的事實。

其實，容閎也相當喜歡作詩，儘管他不是一個純粹的詩人（純粹的詩人在過去時代的中國實際上很少見），在當時卻也頗有些詩名。正如陳琰《藝苑叢話》所說：「容閎，與康南海齊名者也，自號歐西詩伯。」[1]在詩壇上，容閎與康有為齊名是否名副其實、此種評騭是否有理有據是另一問題，此不具論，但他對中國古典詩歌的喜好卻由此可見一斑。

容閎的詩歌似不大多見，今以所僅見的《園居十首》為例，以窺其詩創作之一斑。因為此詩對一般讀者來說不易找到，故全引如下，也算是「奇文共欣賞」吧。

1　參見錢仲聯主編《清詩紀事》第十六冊咸豐朝卷（南京市：江蘇古籍出版社，1989年），頁11582。

巷僻園居樂，蕭疏城市中。砌添新蘚綠，檻拂落花紅。筍好剛經雨，蘭幽恰引風。老親歡菽水，笑語課兒童。

山好層城隔，登樓望翠微。衙蜂銜蕊入，巢燕得泥歸。水閣嫌蛙鼓，晴窗愛蝶衣。落英堆滿徑，不解傍人飛。

親舊憐荒僻，誰知與性宜。看花移榻近，愛月下簾遲。稚子貪摹字，山妻喜聽詩。養閒吟最好，眠懶病能醫。

攜枕尋雲臥，披衣對石言。疊山高過屋，引水曲當軒。階犬迎人吠，鄰雞傍客喧。飛花禽亂起，撲朔誤開門。

殘書愁檢束，引睡亂堆床。題竹衣黏粉，鋤梅屐惹香。買山尋路僻，移石得煙涼。且喜新芻熟，詩懷入酒狂。

閉門山雨夜，落葉思難禁。病久能知藥，吟多喜對燈。拂枰過棋客，尋碣得詩僧。好是盈尊酒，毋雲醉未能。

客至書隨讀，攜壺共引綸。樹邊行數息，潭影伴常親。句好題難得，香焚澤正新。春衣猶可典，不算是長貧。

芍蘭春婉娩，皎月映重簾。試墨翻眉譜，研朱涴指尖。品茶湯細瀹，鬥草韻頻拈。瑣事能銷晝，閨房笑語添。

出門還不惡，隨分得逍遙。晴路花黏屐，春波柳拂橋。梅丁青換軟，菜甲綠輕挑。恐謂風光損，聊憑濁酒澆。

習靜門常掩，山窗拓曉晴。嚼花林下飲，愛草澗邊行。悟筆觀雲勢，調琴學雨聲。何曾拋好夜，吟坐到天明。[2]

這一組詩作見於徐珂《清稗類鈔・文學類》。是書還有云：「香山容閎，自美遊學回，適洪秀全據桂林，因進謁，獻外交、購船二策，

---

2 徐珂編：《清稗類鈔選（文學・藝術・戲劇・音樂）》（北京市：書目文獻出版社，1984年），頁95-96。

不能用。容退隱，有《園居十首》云：(引者按：詩略) 讀其詩，不似其為人也。」[3]若此說可信，則這些作品當為容閎咸豐十年（1860）至南京考察太平軍之後，同治二年（1863）入曾國藩幕之前閒居期間所寫。

在此之前，海外歸來，滿懷希望幹一番事業，滿腔熱情報效祖國的他，已經在香港高等審判廳、上海海關等處任過職，並曾一度經商，對祖國的貧病、時世的難圖、人生的多艱已有了一些體認，他面臨的再不是一展懷抱的理想希冀，而是讓他覺得悲哀的多難現實。因此他才有可能寫出這樣的詩來。

然徐珂所記似有不確：第一，據容閎自己在《西學東漸記》中的回憶，他赴太平軍中考察的時間是咸豐十年（1860），地點是在江蘇南京，而非廣西桂林；第二，容閎向太平軍提出的建議包括辦各類學校、組織良好軍隊、建設善良政府、創立銀行制度等共七項，遠非「外交、購船二策」。其間情形究竟如何，尚待考察。至於說此詩「不似其為人」，筆者亦以為不可這樣一言以蔽之，說得這麼絕對，當作兩面觀。當根據容閎其人其詩進行具體的分析考察。言為心聲，文如其人，這是中國的一句老話，歷代文論家對此發表過不少意見。如揚雄《法言・問神》云：「言，心聲也，書，心畫也。聲畫形，君子小人見矣。」[4]白居易《讀張籍古樂府》云：「言者志之苗，行者文之根。所以讀君詩，亦知君為人。」[5]陸遊《上辛給事書》也說：「夫

---

3 徐珂編：《清稗類鈔選（文學・藝術・戲劇・音樂）》（北京市：書目文獻出版社，1984年），頁95-96。

4 郭紹虞主編：《中國歷代文論選》第一冊（上海市：上海古籍出版社，1979年），頁97。

5 顧學頡、周汝昌選注：《白居易詩選》（北京市：人民文學出版社，1963年），頁186。

心之所養，發而為言；言之所發，比而成文。人之邪正，至觀其文則盡矣決矣，不可復隱矣。」[6]

還有人採用另外一種思考方式，對此說頗致懷疑。《莊子・列禦寇》載孔子曰：「凡人心險於山川，難於知天；天猶有春秋冬夏旦暮之期，人者厚貌深情。故有貌願而益，有長若不肖，有順懁而達，有堅而縵，有緩而。故其就義若渴者，其去義若熱。」[7]元好問《論詩三十首》也說：「心畫心聲總失真，文章寧復見為人。高情千古《閑居賦》，爭信安仁拜路塵！」[8]明代都穆《南濠詩話》對此問題進行總結性的闡發云：「揚子雲曰：『言心聲也，字心畫也。』蓋謂觀言與書，可以知人之邪正也。然世之偏人曲士，其言其字，未必皆偏曲。則言與書，又似不足以觀人者。元遺山詩云：『心畫心聲總失真，文章寧復見為人。高情千古《閑居賦》，爭信安仁拜路塵。』有識者之論，固如此。」[9]其實，從大的文學史背景下來認識，這兩種表述各有道理，但也都只說對了一半。

就容閎的《園居十首》來說，假如從這樣的角度來看待，則可以認為既「不似其為人」，又大可說「似其為人」。何以如此？可體會這十首詩表現的主要內容與情感，同時亦需回顧容閎一生的思想與行事，對這一問題進行一番討論。

很明顯，《園居十首》述說著一種難以有所作為、一無成就時的感受，作者創造出一個如世外桃源一般的境界。那裏沒有功名利祿，沒有塵世的喧囂，也當然不存在任何壯志難酬的感慨，不會有一絲懷

---

6 郭紹虞主編：《中國歷代文論選》第二冊（上海市：上海古籍出版社，1979年），頁389-390。

7 陳鼓應注譯：《莊子今注今譯》（北京市：中華書局，1983年），頁843-844。

8 郭紹虞、錢仲聯、王遽常編：《萬首論詩絕句》（北京市：人民文學出版社，1991年），頁158。

9 丁福保編：《歷代詩話續編》（北京市：中華書局，1983年），頁1356。

才不遇的憂憤。生活在這樣一個境界裏，詩人似乎覺得可以心安理得，能夠隨遇而安。道家哲學的那種歸於自然、清靜無為、無可而無不可的出世精神貫串全詩。徵諸容閎一生的性格氣質與人生追求，考察他對祖國的那份至死不渝的赤子之心，應當承認，在《園居十首》中看到的容閎，跟我們在《西學東漸記》裏看到的那個容閎相比，二者的差距實在太大了，以至於令人難以相信竟會是同一個人。恐怕這也是說「讀其詩，不似其為人」的基本出發點。

如果對容閎的一生作一歷時性的考察，的確可以看到，他為祖國走出蒙昧貧弱，走向富強文明努力奮鬥了一生，他的主要活動始終表現出強烈的歷史責任感和道德使命感，明顯地帶有儒家哲學經世致用、以天下為己任的入世精神。

且看他一生活動的大事年表：道光八年十月十一日（1828年11月17日）出生，道光二十一年（1841）入澳門馬禮遜學堂，旋隨校遷香港就讀；道光二十七年（1847）隨該校校長賽繆爾·勃朗赴美國，入麻省孟松學校；道光三十年（1850）考入耶魯大學，咸豐四年（1854）畢業；翌年回國，先後在香港高等審判廳、上海海關等處任職，並曾一度經商；咸豐十年（1860）到南京考察太平軍，提出建議，未被採納；同治二年（1863）入曾國藩幕，受到欣賞，為籌建江南製造局，赴美購買機器，多次提出組織官費留學生赴美留學；同治十一年至光緒元年（1872至1875）受命主持選派幼童赴美留學，任留學事務所監督；光緒元年（1875）兼任駐美國、西班牙、秘魯副公使；光緒二十一年（1895）回國後，多次向清政府提出改革方案；光緒二十四年（1898）參加戊戌變法，政變發生，逃離北京；光緒二十六年（1900）在上海參加唐才常主持的張園會議，被推為「中國國會」會長，旋因清廷通緝逃至香港、臺灣；光緒二十八年（1902）再度赴美；宣統二年（1910）在美國與孫中山商談，表示支持革命，並做了不少支持孫中山的實際工作；民國元年四月二十二日（1912年4月22日）卒於美國寓所，葬於美國康涅狄格州哈特福特城。

還有一事，更足見容閎的心跡。咸豐三年五月二十日（1853年6月26日），在耶魯大學讀書的容閎在一張紙上寫下了幾行漢字，他還是按著當時中文的習慣，豎行工工整整地書寫，旁邊是他把這些話翻譯成英文的字跡。這幾行字是：

> 善似青松惡似花 The good resemble the evergreen the wicked resemble the flower
>
> 如今眼前不及他 At present the one is inferior to the other
>
> 有朝有日霜雪下 There is a morning and a day when first snow fall
>
> 自見青松不見花 We only see the evergreen but not the flower[10]

切實地說，很難認為這是容閎在大學畢業之前寫下的詩。但我們覺得，彼時彼地，容閎是用這些詩化的語句表達他的志趣，遠在異國他鄉的這個中國學生，以書寫自己的母語寄託對故土的懷念。這樣說，該不至於是強作解人吧。

在以上四行漢字之後，在同一張紙上，容閎又寫下這樣一句話：「大人者不失其赤子之心。」旁邊還是英文翻譯：A great man never forget the heart he had when a child.[11]此語出自《孟子・離婁下》：「大

---

10 高岩：《中美文化交流的拓荒者——容閎先生的貢獻與影響》，轉引自朱傳譽主編《容閎傳記資料》第一冊（臺北市：天一出版，1979年），頁79。筆者按：其第三、四兩句，據旁邊英文對譯當為「有朝一日霜雪下，只見青松不見花」，可能是容閎書寫時的筆誤。

11 同上書，頁79。

人者，不失其赤子之心者也。」[12]容閎一直念念不忘這種道德訓誡，可見中國文化對他的深刻影響，更可見這個出身貧苦的海外赤子的中國心。後來，他提出向美國派遣留學生計劃，目的是「以西方之學術，灌輸於中國，使中國日趨於文明富強之境」[13]，仍主張「派出時並須以漢文教習同往，庶幼年學生在美，仍可兼習漢文」[14]。可以說，這一思想是他親身體驗、長期思考的結果。這種兼顧中西文化的教育思想，無疑具有長久的人文價值。

其實，關心祖國，熱愛中華，「使中國日趨於文明富強之境」，這是容閎為之奮鬥了一生的目標。正如他自己所說：「予後來之事業，蓋皆以此為標準，專心致志以為之。」[15]他何嘗是個不問世事、不念生民的隱者？如此說來，《園居十首》中表達的思想和情緒，果真有點不像容閎其人了。

但是話又不可以說得這麼絕對，因為中國還有句古語說「人心難於知天」[16]。還是錢鍾書所論充滿思辨的智慧，讓人心悅誠服：「身心言動，可為平行各面，如明珠舍利，隨轉異色，無所謂此真彼偽；亦可為表裏兩層，如胡桃泥筍，去殼乃能得肉。」[17]從這一角度來看，《園居十首》中傳達出的出世情緒與歸隱之想，又不能說是言不由衷的話，當理解為容閎在一種特定心理情境下的特殊思想感受。其中當

---

12 《孟子‧離婁章句下》，見楊伯峻《孟子譯注》（北京市：中華書局，1960年），頁189。

13 徐鳳石、惲鐵樵譯，張叔方補譯，鍾叔河、楊堅校點：《西學東漸記》（長沙市：湖南人民出版社，1981年），頁23。

14 同上書，頁87。

15 徐鳳石、惲鐵樵譯，張叔方補譯，鍾叔河、楊堅校點：《西學東漸記》（長沙市：湖南人民出版社，1981年），頁23。

16 《意林》採《魯連子》語，見錢鍾書《談藝錄》（補訂本）（北京市：中華書局，1984年），頁161。

17 錢鍾書：《談藝錄》（補訂本）（北京市：中華書局，1984年），頁164。

然表露著作者的心曲真情，只不過是容閎平時較少表白、較少訴諸思想和行動的人生態度而已。詩中多次出現這樣一些意象：新蘚、落花、山雨、落葉、月、雲、石、山、水、竹、梅、蘭、棋、琴、酒、蜂、燕、蛙、蝶、犬、雞，構成了一個世外桃源般超凡脫俗的境界，它們無一不在表白主人的人生感受和生活情趣。容閎在懷才不遇、壯志難酬之時，用這樣一些生活場景驅散心頭鬱結的苦悶與憂傷，從而換取短暫的心靈解脫和情緒的平衡，也是不難理解的吧。

這其實也可以作為錢鍾書所說的「熱中人作冰雪文」[18]的一個注腳。如果細心品味，在貌似逍遙出世、高蹈入雲的文本表象的背後，仍不難發現那個憂國憂世的容閎的形象，否則就難以理解為什麼詩中一再出現的這樣的詠歎：「落英堆滿徑，不解傍人飛」；「養閒吟最好，眠懶病能醫」；「且喜新芻熟，詩懷入酒狂」；「春衣猶可典，不算是長貧」；「瑣事能銷晝，閨房笑語添」；「恐謂風光損，聊憑濁酒澆」。誰又能夠否認這裏有詩人的憂天熱血在奔湧呢？

就詩歌藝術方面而言，這些作品用韻、對仗等都可以說比較工穩嚴整，尚能較貼切地表達園居的生活狀態和情感狀態。但不能不說，這些詩歌給人的一個感覺是斧鑿痕跡尚存，詩人驅使的意象並無突出的個性特色，詩的意境還不那麼圓融渾成，帶有過於明顯的刻意雕琢痕跡，頗為吃力，少了些通脫透達與自然渾成。比如讀這樣的詩句就覺「作」得太過了一些：「鋤梅屐惹香」，「嚼花林下飲」等等。這種情形的出現，當然與作者的詩藝修養與詩歌根底尚有欠缺相關；但同時似乎也可以說，這種詩筆的不自然也透露出容閎當時心境的不自然，反映了一個熱衷於為國為民盡心竭力的人，故作超脫、故作冰雪文時的矛盾和難堪，這是頗能引人深思的一種有意味的文學現象。正

18 同上書，頁163。

所謂：「其言之格調，則往往流露本相；狷急人之作風，不能盡變為澄澹，豪邁人之筆性，不能盡變為謹嚴。」[19]由此觀之，則又可以說《園居十首》是「文如其人」之作了。

寫到這裏，還是不能不佩服錢鍾書的睿智通達和慧心普照。他說：「以文觀人，自古所難。」[20]他還嘗進一步申論道：「『文如其人』老生常談，而又亦談何容易哉？雖然，觀文章固未能灼見作者平生為人行事之『真』，卻頗足徵其可為、原為何如人，與夫其自負為及欲人視己為何如人。」[21]看來，對容閎其人其詩還是作一些具體的實證分析、細心的體察品味更有益，得到的見解或許更靠得住些。於容閎如此，於其它的詩人文人，大約也不會不如此吧。

---

19 錢鍾書：《談藝錄》（補訂本）（北京市：中華書局，1984年），頁163。

20 同上書，頁162。

21 錢鍾書《管錐編》第四冊（北京市：中華書局，1986年），頁1388-1389。

使中國日趨於文明富強之境

——容閎教育思想和政治思想論略

容閎（1828-1912），字達萌，號蓴甫，廣東香山南屏鎮（今廣東珠海市）人。道光八年十月十一日（1828年11月17日）生。少年家貧。道光二十一年（1841）入澳門馬禮遜學堂，旋隨校遷往香港就讀。道光二十七年（1847）隨該校校長賽繆爾·勃朗赴美國，入麻省孟松學校。道光三十年（1850）考入耶魯大學，咸豐四年（1854）畢業，獲學士學位，為中國最早的畢業於美國著名大學的留學生。翌年回國，先後在香港高等審判廳、上海海關等處任職，並曾一度經商。咸豐十年（1860）曾到南京考察太平天國，並提出建議，未被採納，黯然離去。同治二年（1863）入曾國藩幕，籌建江南製造局，赴美購買機器，多次提出組織官費留學生赴美留學。同治十一年至光緒元年（1872-1875），受命主持選派幼童赴美留學，任留學事務所監督。光緒元年（1875）兼任駐美國、西班牙、秘魯副公使。光緒二十一年（1895）回國後，多次向清政府提出改革方案，均不被採納。光緒二十四年（1898）參加戊戌變法運動，擁護政治維新，政變發生後，逃出北京。光緒二十六年（1900）在上海參加唐才常主持的張園會議，被推為「中國國會」會長，旋因清廷通緝逃至香港、臺灣。光緒二十八年（1902）再度赴美國。宣統二年（1910）嘗在美國與孫中山商談，表示支持革命。民國元年四月二十二日（1912年4月22日）卒於美國寓所，葬於美國康涅狄格州哈特福特城。著有英文回憶錄《西學東漸記》（原名 My Life in China and Amenica），1909年在紐約出版。1915年徐鳳石、惲鐵樵將其譯為中文，交商務印書館出版時，使用《西學東漸記》之名，後遂一直沿用。

一　教育思想：從理論到實踐

容閎從小到大，從入學西塾到畢業於耶魯大學，受到的是西方近代的新式教育，自不同於中國的舊式教育。但是，他在以英文為主要工具的教育環境中，並沒有放棄學習中文。這除了是為他自己的前途著想之外，更重要的是他處處不忘救助自己的祖國。因此，他的教育思想，雖然受到西方教育思想的強烈影響，但是卻頗能有所選擇，不曾忘記他面對的中國的歷史和現實。他說：

> 大教育家阿那博士（Dr.Arnold）之言曰：善於教育者，必能注意於學生之道德，以養成其優美之品格。否則僅僅以學問知識授於學生，自謂盡其能事，充乎其極，不過使學生成一能行之百科全書，或一具有靈性之鸚鵡耳，曷足貴哉![1]

這種將道德與學問知識合而為一的觀念，可說是德育與智育並重。即是說，為學與做人雙管齊下，把學生訓練成既有優美的品格，也有真實豐富的學識，這才是教育的理想目的。

容閎清楚地知道，在當時的中國，自己是完整地受過西方近代高等教育的第一人，所以，他深深地自覺到責任的重大；他有意識地把這種新教育觀念的種子，在中國播種並發揚光大。正如他所說：

1　容閎著，徐鳳石、惲鐵樵譯，張叔方補譯，鍾叔河、楊堅校點：《西學東漸記》（長沙市：湖南人民出版社，1981年），頁17。

> 予當修業期內，中國之腐敗情形，時觸予懷，殆末年而尤甚。每一念及，輒為之怏怏不樂，轉願不受此良教育為愈。蓋既受教育，則予心中之理想既高，而道德之範圍亦廣，遂覺此身負荷極重，若在毫無知識時代，轉不之覺也。更念中國國民，身受無限痛苦，無限壓制。此痛苦與壓制，在彼未受教育之人，亦轉毫無感覺，初不知其為痛苦與壓制也。[2]既自命為已受教育之人，則當日夕圖維，以冀生平所學，得以見諸實用。此種觀念，予無時不耿耿於心。蓋當第四學年中尚未畢業時，已預計將來應行之事，規畫大略於胸中矣。予意以為予之一身，既受此文明之教育，則當使後予之人，亦享此同等之利益。以西方之學術，灌輸於中國，使中國日趨於文明富強之境。予後來之事業，蓋皆以此為標準，專心致志以為之。[3]

容閎從美國學成歸國，一方面有奉養年邁貧病的母親的心願，另一方面更有為救助祖國而努力的宏願。他深知自己所受到的教育，在當時的中國，是稀有的至寶。他回到母親的身邊，將羊皮紙的畢業文憑拿給母親看，當母親詢問文憑與學位可以博得多少獎金時，容閎認真地對老人家說道：

> 此（引者按：指畢業文憑）非可以得獎金者。第有文憑，則較無文憑之人，謀事為易。至大學之給學位，亦非有金錢之效用。惟已造就一種品格高尚之人材，使其將來得有勢力，以為他人之領袖耳。大學校所授之教育，實較金錢尤為寶貴。蓋人

---

2 同上書，頁22。

3 容閎著，徐鳳石、惲鐵樵譯，張叔方補譯，鍾叔河、楊堅校點：《西學東漸記》（長沙市：湖南人民出版社，1981年），頁23。

> 必受教育，然後乃有知識，知識即勢力也。勢力之效用，較金錢為大。兒今既以第一中國留學生畢業於耶路大學，今後吾母即為數萬萬人中第一中國留學生畢業於美國第一等大學者之母。此乃稀貴之榮譽，為常人所難得。兒此後在世一日，必侍奉吾母，俾母得安享幸福，不使少有缺乏也。[4]

容閎的母親覺得非常安慰，因為她意識到，自己的兒子「雖受外國教育，固未失其中國固有之道德，仍能盡孝於親也」[5]。

可以說，容閎的教育思想，是德育與智育並重，是西方人文主義教育的擴大，同時也有中國固有的道德思想等所融會而成。這種教育觀念與文化選擇，對容閎的立身行事而言具有根本性的價值，而且，從近代中國的現實狀況和遭逢的時勢來看，這種相容中西、德才並舉的教育思想和文化觀念，也最具有理論上的合理性和實踐上的建設性。

從理論走向實踐正是容閎追求的目標，他的教育思想成為他提出教育計劃的思想基礎。這位經過歐風美雨薰陶的中國知識分子，打算以此來救助中國，使自己的祖國「日趨於文明富強之境」，成為少年新中國。於是，回國以後，容閎開始了提出並實踐他的教育計劃、實現他多年理想的追求歷程。

接受過系統完整的西方近代教育的容閎，對於清政府和太平天國的看法並不存有任何偏見，與中國傳統文士經常表現出來的正統觀念大相徑庭，他最根本的目標就是要為中國找到一條文明富強的民族振興之路。容閎到南京太平軍中考察的目的正在於此，懷有希冀的容閎

---

4 同上書，頁28。

5 容閎著，徐鳳石、惲鐵樵譯，張叔方補譯，鍾叔河、楊堅校點：《西學東漸記》（長沙市：湖南人民出版社，1981年），頁29。

向幹王洪仁玕提出了七項建議，其中有關教育者有四項，即：

> 設立武備學校，以養成多數有學識軍官；建設海軍學校；頒定各級學校教育制度，以耶穌教聖經列為主課；設立各種實業學校。[6]

並且表示：「倘不以為迂緩，而採納予言，願為馬前走卒。」[7]可見容閎為太平軍盡力的誠意。無奈文化程度不高的太平天國的首領們無人能夠聽懂他的思想，當然更不可能接受他的建議，容閎也只得失望地離開，準備另尋出路。

容閎入曾國藩幕，平生第一次得到高級官員的賞識，也得到了一展懷抱的機會，事業上取得了某種程度的成功。容閎在建議成立江南製造局之後，積極鼓吹翻譯西學著作，以便更充分地瞭解西方的科技文化，他還親自動手，翻譯了哥爾頓所著的《地文學》和派森的《契約論》。同時，容閎也積極從事教育人才的工作。他曾建議在機器廠之旁設立一所兵工學校，建立培養機械工程人才的基礎。由此可以看出他極為重視自己的專業人才的培養，要使外國先進的工業技術、教育成就在中國紮根，使中國從根本上擺脫貧弱與愚昧、屈辱與落後。他在回憶這段經歷時寫道：

> 文正來滬視察此局時，似覺有非常興趣。予知其於機器為創見，因導其歷觀由美購回各物，並試驗自行運動之機，明示以應用之方法。文正見之大樂。予遂乘此機會，復勸其於廠旁立

6　同上書，頁56-57。

7　同上書，頁57。

一兵工學校，招中國學生肄業其中，授以機器工程上之理論與實驗，以期中國將來不必需用外國機械及外國工程師。文正極贊許，不久遂得實行。[8]

予自得請於曾文正，於江南製造局內附設兵工學校，向所懷教育計劃，可謂小試其鋒。既略著成效，前者視為奢願難償者，遂躍躍欲試。同上。

接著，容閎向老友丁日昌提出教育計劃，得到丁氏的贊許，於是容閎將計劃撰為條陳四則，由丁日昌上之清廷，其第一、三、四條略謂：

中國宜組織一合資汽船公司；政府宜設法開採礦產以盡地利；宜禁止教會干涉人民詞訟，以防外力之侵入。[9]

容閎說：「此條陳之第一、三、四，特假以為陪襯；眼光所注而望其必成者，自在第二條。」[10]這讓容閎頗費心思的第二條即是：

政府宜選派穎秀青年，送之出洋留學，以為國家儲蓄人材。派遣之法，初次可先定一百二十名學額以試行之。此百二十人中，又分為四批，按年遞派，每年派送三十人。留學期限定為十五年。學生年齡，須以十二歲至十四歲為度。視第一、第二批學生出洋留學著有成效，則以後即永定為例，每年派出此

8 同上書，頁85。

9 容閎著，徐鳳石、惲鐵樵譯，張叔方補譯，鍾叔河、楊堅校點：《西學東漸記》（長沙市：湖南人民出版社，1981年），頁86-87。

10 同上書，頁88。

數。派出時並須以漢文教習同往，庶幼年學生在美，仍可兼習漢文。至學生在外國膳宿入學等事，當另設學生監督二人以管理之。此項留學經費，可於上海關稅項下，提撥數成以充之。[11]

從教育計劃的周詳與嚴整，可見這是容閎在自己教育思想指導下深思熟慮的結果，也可見他的遠見卓識。他自信地認為：「使予之教育計劃果得實行，藉西方文明之學術以改良東方之文化，必可使此老大帝國，一變而為少年新中國。」[12]他的教育計劃完全是為了中國的前途著想，表現了他的愛國深情。

這一計劃由曾國藩、丁日昌等四大臣聯名入奏，容閎這樣描述當時的心情：「予聞此消息，乃喜而不寐，竟夜開眼如夜鷹，覺此身飄飄然如淩雲步虛，忘其為僵臥床笫間。」[13]清廷終於批准了容閎的教育計劃，容閎的喜悅之情溢於言表：「至此予之教育計劃，方成為確有之事實，將於中國二千年歷史中，特開新紀元矣。」[14]他對此滿懷信心。

經過容閎的不懈努力，第一批留美學生三十人終於在同治十一年（1872）渡太平洋赴美國學習。此後的三年裏，每年分派三十人赴美，共一百二十人，原定十五年學成回國，容閎任中國在美設立的留學事務所監督。可是由於受到堅持閉關自守、反對學習外國的頑固保守勢力的阻撓與攻擊，至光緒七年（1881），這些留美學生又全部被撤回了。

容閎殫精竭慮熱誠為之的派遣留學生的教育計劃，在勉力推行一

11 同上書，頁86-87。
12 同上書，頁88。
13 同上書，頁90。
14 同上書，頁91。

段時間過後，也終於完全破產，容閎的心血付之東流。儘管如此，這些留學生後來還是為中國的富強作出了貢獻，如首批赴美學生中就出現了詹天祐這樣的著名鐵路工程師，還出現了蔡廷幹、梁敦彥、唐紹儀這樣的著名政治人物。這也算是對容閎的告慰吧。

二　政治思想：從洋務、維新到革命

咸豐五年（1855），容閎從耶魯大學畢業歸國之時，正是太平天國農民起義如火如荼之際。他回到祖國，看到滿目瘡痍的現實，使他對太平天國非常關注，於是到太平天國首都天京（今江蘇南京市）進行政治考察。他是帶著這樣的問題去的：「太平軍中人物若何？其舉動志趣若何？果勝任創造政府以代滿洲乎？此餘所亟欲知也。」[15]容閎向洪仁玕提出的七項建議，除上文所述關於教育者四項外，其它三項是：

> 依正當之軍事制度，組織一良好軍隊；建設善良政府，聘用富有經驗之人才，為各部行政顧問；創立銀行制度，及釐訂度量衡標準。[16]

涉及軍事制度與軍隊的組建、政府建設與人才任用、銀行制度與度量衡規範等問題。這一切，都是容閎基於對西方社會制度與文明的瞭解和對中國現實問題的憂患，提出的從根本上進行中國政治制度、政府功能、軍事組織改革的戰略性方案。

15 容閎著，徐鳳石、惲鐵樵譯，張叔方補譯，鍾叔河、楊堅校點：《西學東漸記》（長沙市：湖南人民出版社，1981年），頁50。

16 同上書，頁56-57。

可見，容閎的七項建議，都是建設現代軍事、政治、經濟、教育的方針大計，是他長期以來孜孜以求的結果，表現了一個身受西方近代教育和文明培育的愛國知識分子的政治遠見。但是，容閎還是失望地離開了南京，這一則因為太平天國沒有接受他滿腔熱情提出的建議，二則因為他看到的某些情形使他覺得太平天國未必可以勝任創造新政府以取代滿洲政府之任務。他曾加以評論說：「埃及石人首有二面，太平軍中亦含有兩種性質，如石人之有二面。」[17]一面是革命的正義性和合理性，一面是遊民分子大量加入和原始宗教信仰造成的落後性和破壞性。因此他總的看法是：

> 簡而言之，太平軍一役，中國全國於宗教及政治上，皆未受絲毫之利益也。其可稱為良好結果者惟有一事，即天假此役，以破中國頑固之積習，使全國人民皆由夢中警覺，而有新國家之思想。[18]

容閎說：「以予觀察所及，太平軍之行為，殆無有造新中國之能力，可斷言也。」[19]容閎寄希望於太平軍既已失望，轉而找到了曾國藩，希望通過曾氏實現自己的「西學東漸」計劃。他首先建議成立江南製造局，這是容閎構想的中國第一個機器廠。他說：

> 中國今日欲建設機器廠，必以先立普通基礎為主，不宜專以供特別之應用。所謂立普通基礎者無他，即由此廠可造出種種分

---

17 同上書，頁61。

18 容閎著，徐鳳石、惲鐵樵譯，張叔方補譯，鍾叔河、楊堅校點：《西學東漸記》（長沙市：湖南人民出版社，1981年），頁62。

19 同上。

> 廠，更由分廠以專造各種特別之機械。簡言之，即此廠當有製造機器之機器，以立一切製造廠之基礎也。[20]

可以說，容閎的這一思想，是想從根本上建立中國近代工業的基礎，振興民族工業，具有非常遠大的眼光。在曾國藩的支持下，容閎接受委任，赴美國購辦機器，運回上海。中國第一座完善的機器廠江南機器製造總局終於建成，容閎的計劃部分地實現。

但是，由於清廷的不思振作，愚昧頑固，容閎等有識見的知識分子的努力，畢竟難以完全改變眼前的貧瘠蠻荒。清政府撤回赴美學生的行為，對容閎的打擊很大，也引發他更深入地思考中國的前途與出路。他說：

> 學生既被召回國，以中國官場之待遇，代在美時學校生活，腦中驟感變遷，不堪回首可知。以故人人心中咸謂東西文化，判若天淵；而於中國根本上之改革，認為不容稍緩之事。此種觀念，深入腦筋，無論身經若何變遷，皆不能或忘也。[21]

容閎雖對當時中國的全面危機有著遠較同儕深刻清醒的認識，但是在世事難料的近代中國，許多事變還是讓他覺得不能心安。清政府在甲午戰爭中的慘敗，給容閎以強烈的震動，讓他極為痛心，也促使他的思想發生一次重大變化。他說：

---

20 同上書，頁75。

21 容閎著，徐鳳石、惲鐵樵譯，張叔方補譯，鍾叔河、楊堅校點：《西學東漸記》（長沙市：湖南人民出版社，1981年），頁110。

> 中國不欲富強則已，苟其欲之，則非實行一完全之新政策，絕不能恢復其原有之榮譽。[22]

他的意思非常明顯：除非這個國家永不思振作，永不想強大；假如中國還有重振昔日雄風、重現昔日光輝的民族精神，就必須要有一套完整的新政策，從根本上改革現有的政治制度和教育制度，這樣才有強大起來的希望。

可見，容閎此時的思想已不限於洋務自強的範疇，而是與維新派的主張若合符節。事實也確是如此，容閎走上了與康有為、梁啟超等一同謀求以政治體制改革為核心的維新變法的道路。他嘗對光緒皇帝予以高度評價：

> 平心論之，光緒實非癡，亦非狂。後人之讀清史者，必將許其為愛國之君，且為愛國之維新黨。其聰明睿智，洞悉治理，實為中國自古迄今未有之賢主也。天之誕生光緒於中國，殆特命之為中國革新之先導，故其舉措迥異常人，洵偉人也。[23]

當維新思潮方興未艾的時候，容閎也深受鼓舞，認為中國「實行一完全之新政策」的時機已經到來，遂積極投身到變法活動之中去。他在回憶這段經歷時說：

> 予睹此狀，乃決意留居北京，以覘其究竟。予之寓所，一時幾

22 同上書，頁116。

23 容閎著，徐鳳石、惲鐵樵譯，張叔方補譯，鍾叔河、楊堅校點：《西學東漸記》（長沙市：湖南人民出版社，1981年），頁122。

變為維新黨領袖之會議場。[24]然而殘酷的現實打碎了這位新型知識分子的熱切期待，讓對中國政治的奧妙難測、體會無多的容閎覺得措手不及。戊戌政變發生後，容閎當然名列黑籍。對這段經歷他有這樣的回憶：

予以素表同情於維新黨，寓所又有會議場之目，故亦犯隱匿黨人之嫌，不得不遷徙以逃生。乃出北京，赴上海，託跡租界中。[25]

到上海之後，容閎繼續從事維新變法活動，參加了唐才常組織的張園「中國國會」，被推為會長。因清政府通緝，只得逃往香港、臺灣。在臺灣，清政府又行公文給日本總督，請日本當局將他捕送中國。從清政府的一再通緝中，可見容閎從事變法維新活動的決心，亦可見他在這次運動中的重要作用。

維新變法運動既已失敗，又遭清政府屢次通緝，容閎只得再度赴美避難，最後竟埋骨他鄉。身居美國的容閎，仍然不曾減少對祖國命運前途的關注。由主張維新進而為支持革命，容閎走完了他政治思想的最後一段路程。光緒二十七年八月八日（1900年9月1日），容閎離開上海的時候，恰好與孫中山同船，二人遂得相識，此後還時有聯繫。

容閎移居美國後，與中外人士多有接觸，他尤其關注孫中山從事的民主革命運動，並且盡力予以支持。宣統元年（1909）左右，容閎與孫中山通信頻繁。這一年的十一月十日（12月22日），容閎邀請旅居新加坡的孫中山到達紐約。宣統二年一月七日（1910年2月16日），容閎在與孫中山的晤談中，提出了如下的建議：

---

24 同上。

25 同上書，頁122。

> （1）自銀行貸借一百五十萬至二百萬元作活動基金；（2）成立一臨時政府，任用有能力之人以管理佔領之城市；（3）任用一有能力之人統率軍隊；（4）組訓海軍。[26]

除在思想上予以支持之外，容閎還盡力促使美國人士認識瞭解孫中山，以支持他的革命事業。可以說，容閎為孫中山的民主革命運動盡了一份力量，立下了不可磨滅的功勞。

武昌起義勝利，孫中山任中華民國臨時大總統。民國元年（1912）春，孫中山特地致信容閎，熱情邀請他回國，並寄了一張照片給他。信中說：「丁此革命垂成，戰爭將終，及僕生平所抱之目的將達之際，遡聞太平洋對岸有老同志大發歡悅之聲，斯誠令人聞之鼓舞」；「民國建設，在在需才！懇請先生歸國，而在此中華民國創立一完全之政府，以鞏固我幼稚之共和。倘俯允所請，則他日吾人得享自由平等之幸福，悉先生所賜矣」。[27]從孫中山推崇備至、企盼尤殷的信中，可見二人友誼之深厚，亦可見容閎對孫中山曾予以多麼有力的支持。

然而，當大洋彼岸的容閎收到孫中山贈給他的照片的時候，已經太遲了，這位八十五歲的老人已經昏迷不醒，旋即與世長辭。這位始終依戀故土、熱愛祖國的知識分子，在國內卻屢遭挫折，難展懷抱，最後不得不遠托異國，直至埋骨他鄉。這是中國的幸運還是不幸？這種遺憾和悲哀又豈僅是容閎一人和那一個時代的？

容閎因為受到系統的西方近代教育，較少因襲傳統，較少封建觀念的束縛，因此，賦予他政治思想以不斷進取、緊貼時代的品格。容閎的政治思想經歷了由洋務、維新到革命的發展過程，這在一定意義

26 吳相湘：《容閎欣見民國肇建》，《民國百人傳》第一冊（新北市：傳記文學出版社，1979年），頁332。

27 同上書，頁17-18。

上可以說是一部中國近代政治思想史。

容閎的政治思想雖幾經變遷，卻並不矛盾，因為在他的思想觀念中，有一點是始終如一、堅定不移的，那就是在至死不渝的愛國之情、赤子之心的驅動下，執著地探求救國救民的真理，使西方現代文明在中國傳播，拯救國家民族於危難，使中國成為西方那樣的現代國家，用他自己的話說，就是：「使中國日趨於文明富強之境。」[28]

28 容閎著，徐鳳石、惲鐵樵譯，張叔方補譯，鍾叔河、楊堅校點：《西學東漸記》（長沙市：湖南人民出版社，1981年），頁62。

晚清嶺南客家詩人胡曦詩歌簡論

胡曦（1844-1907），一名曉岑，字日希，又字明曜，號壺園，廣東興寧人。祖父名榕，父祥泰。家境貧寒，致力於學，姿性過人，「少負大志，慨然以時局為己任」。[1]同治十二年（1873）拔貢，之後科場屢次失意。至光緒十一年（1885）應試報罷，遂絕意仕進，在家鄉杜門不出，專心以著述為務，直至去世。一生勤於治學著述，擅詩文，精考據，工書法。與黃遵憲、丘逢甲並稱「晚清嘉應三大詩人」，又與宋湘、伊秉綬共列清代客家三位書法名家。著述頗富，主要有《湛此心齋詩集》、《湛此心齋文集》、《興寧圖志》、《興寧圖志考》、《壺園外集十種》、《廣東民族考》、《梅水匯靈集》、《讀經札記》、《讀史札記》、《新訂龍川霍山志》等。據載其早年詩集《燕草．甲戌稿》尚存於世，然較難獲見。

胡曦也像許多傳統讀書士子一樣，從年輕時起，追求的是經天緯地、濟世救民之大業，而不在於寫詩作文。但科場屢屢失利，仕途不得通達，加之自己貧困的生活、國家動盪的局勢，他還是創作了大量的詩歌，以抒發他的情感，記載他的思想。他雖然說過「文章小技，未能見道」之類的話，但還是備嘗作詩為文的甘苦，因之又說「區區此等，亦且如斯之難也」[2]。可以說，詩，是胡曦的主要成就之一；

1 胡錫侯：《族父曉岑先生誄並序》，羅香林：《胡曉岑先生年譜》，《南洋學報》第十七卷第二輯《黃遵憲研究專號》（1963年），頁22。

2 胡曦：《五一墩屋什刪事》，《湛此心齋詩集》卷二，湛此心齋民國二十四年（1935年），頁36。

而他在詩歌方面的最大貢獻，就是與晚清其它詩人一道，對中國古典詩歌的發展變革與近代轉換進行了卓有成就的新探索。

胡曦詩歌的一個主要內容就是詠歎自己貧寒不遇、屢遭坎坷的身世，表現普通百姓的苦難生活，同情勞動人民的苦難。

胡曦出身貧寒，生當清廷日薄西山，內憂外患日甚一日之衰世，天災人禍連續不斷之際。胡曦以敏銳的感受力，從耳聞目睹的現實中看到了自己的可悲命運，廣大人民的水深火熱，將這些觸目皆是的內容形諸歌詠，便反映出當時社會的某些重要方面。在《漫興》中，詩人道出了自己寒病的苦澀與生存的艱辛：

> 五斗緇塵七尺帷，三升墨汁百家碑。
> 未明得失常參史，但有悲歌便作詩。
> 厭惹俗緣門剝啄，起扶新病骨難支。
> 破裘典盡拼供藥，底事今年暖獨遲。[3]

於悲涼中透露出詩人的鮮明個性，表現出詩人不與世俗同流合污的精神品質。《孤燈》表現遠離塵囂的寧靜心情，對浮名功利等均不屑一顧，寧願永葆自己人格的清白和精神的自由，此外，也透露出某種孤獨。詩云：

> 不為虛聲墊角巾，羞隨惡態捧心顰。
> 風塵俗眼人千樣，天地微軀此一身。
> 浮世可憐多嚇鼠，名場何處免勞薪。

3 胡曦：《湛此心齋詩集》卷三，同治七年戊辰（1868年）鈔本，轉引自鍾賢培、汪松濤主編《廣東近代文學史》，（廣州市：廣東人民出版社，1996年），頁251。

孤燈知我時拈筆，瘦島寒郊不道貧。[4]

胡曦一生的大部分時間裏生活在家鄉，只是偶有外出應考，亦多在廣東境內，基本上總是與廣大勞動人民保持著聯繫，與他們很接近，因此勞動者的苦難和艱辛特別能夠喚起詩人的關注與同情。他把這種悲天憫人的情感寫入詩歌之中，也反映了勞動人民的悲慘命運。在《珠江雜詩六首》之二與之三中，詩人描繪了這樣兩幅圖畫：

舟居越女水為家，潮去潮來信不差。
潮落分頭赴汊港，曳裾修腳捕魚蝦。
蜑娘搖艇兼搖兒，背負小郎啞啞啼。
大兒稍長頗解事，同娘搖向沙尾西。[5]

《龍川女》中又是一幅令人同情、啟人深思的畫面：

真定雄風閱歲華，昌黎過化亦徒然。
憐它椎結龍川女，荷擔山歌道乞錢。[6]

如果說上述幾首詩還是截取一幅幅小景以展現勞動者的艱辛悲慘，反映當時的社會現實的話，那麼《苦旱謠》則是面朝黃土背朝天的農民在大旱之年的哭訴。老天無雨，時局動亂，無人救助，只能呼天喊地，發出絕望的哭號：

---

4 胡曦：《湛此心齋詩集》卷四，同治七年戊辰（1868年）鈔本，轉引自鍾賢培、汪松濤主編《廣東近代文學史》，（廣州市：廣東人民出版社，1996年），頁251。

5 胡曦：《湛此心齋詩集》卷一，湛此心齋民國二十四年（1935年），頁34。

6 同上書，頁31-32。

去年雨多今年少，今年甚旱去年潦。雨多雨少厥苦均，早禾不登晚禾槁（吾鄉田歲俱兩熟）。早禾猶自可，晚禾愁煞我。金錢十千買尺水，桔槔無聲計誠左。番秧插田詎耐活（晚秧俗曰番秧，稍耐旱），癡龍難鞭日如火。日如火，田坼龜，老農乾芋頑頭皮（農人裸體作苦，俗曰曬乾芋）。大官禱神神不應，老農抱犢啼牛衣。乾龍不止況薦饑，老天做天夫何為彝[7]

此類詩作，可謂樸質深厚，情真意切，頗能反映一個身處窮愁之中的下層讀書士人對普通百姓的同情悲憫，其中也寄予著詩人對自己命運的哀憐與感傷。

胡曦詩歌的另一內容，是反映近代社會的重大事件和時代變遷，以新名詞寫新事物，表現對國家民族命運的關注和愛國熱情。

中國近代發生的某些重大歷史事件，鴉片戰爭以後中國社會發生的某些新變化，都較早地在東南沿海地區傳播和反映。詩人生活在粵東地區，主要活動於嶺南一帶，時與詩友交遊，這些都為他瞭解社會的這些新氣象、新變化提供了更多的機會。因此，在胡曦的詩歌中，有不少具有反映近代社會歷史特定內容的詩作，表現了中國古典詩歌在近代的探索和新變。《珠江雜詩六首》中的之一和之六就反映了近代廣州地區貿易的繁忙和清兵的疲苶狀況：

貨通蠻粵估船排，日午開帆未得開。
上稅賈人報關去，盤查小吏刺舟來。
冷月鵝潭蘆荻紛，炮臺沙角瘴雲昏。
水師此日虛籌海，不用防秋到虎門。[8]

7 胡曦：《湛此心齋詩集》卷一，湛此心齋民國二十四年（1935年），頁6。
8 胡曦：《湛此心齋詩集》卷二，湛此心齋民國二十四年（1935年），頁34。

《有感》則透露出詩人對國家屈辱命運與危急局勢的憂憤之情：

北門鎖鑰屈諸蠻，滄海風波淚未乾。
仙觀朝臺無恙在，長春舊館不勝寒。[9]

《燕京感事五首》之二進一步追問振興國力的根本大計之所在，實際上是委婉地勸說朝廷應當根據不斷變化的政治軍事局勢，從大處著眼，從基礎入手，勵精圖治，鞏固國防，尤其是加強水上門戶的戒備。詩云：

勝國籌邊事，神京戰守多。也先危土木，鎮國困陽和。門戶遼還薊，軍儲粟與戈。興朝寧事此，三口失防河。[10]

之三不僅進一步指出御防侵略，加強沿海地區防務的重要性，而且對清廷官僚的防備不力，鴉片煙的大量輸入發出譴責，更對禁煙有功、反侵略得力的林則徐被貶戍邊的遭遇表示了深切的同情，其中蘊含著憤憤不平之慨。詩人寫道：

五萬重洋水，公然肆厥驕。籌防棄沿海，失計在臣僚。帑竭煙為患，機神器漫操。玉門傷貶謫，無力答中朝。[11]

此外，胡曦還大膽地將近代出現的新名詞驅使於筆端，描寫新事物、新氣象，在當時的詩壇吹起一陣清新之風。他於同治十三年

---

9 胡曦：《湛此心齋詩集》卷一，湛此心齋民國二十四年（1935年），頁35。
10 胡曦：《湛此心齋詩集》卷一，湛此心齋民國二十四年（1935年），頁27。
11 同上書。

（1874）作有一首長篇七言古詩《火輪船歌》，寫當時的新事物，融合時事，筆力奇偉恣肆，比被譽為近代「詩界革命」旗幟的黃遵憲所作《今別離》還早十六年。黃遵憲的《今別離》詠輪船、火車、電報、照片、東西半球晝夜相反等新知識、新事物，作於光緒十六年（1890），且那時黃遵憲已在國外任外交官有年。足從未出國門的胡曦能如此早地寫下《火輪船歌》，僅此即可見他詩歌探索的過人膽識和在近代詩壇革新中的地位。

在其它詩作中，胡曦也每以新名詞寫新事物，茲舉他的《感事寄懷黃子公度時尚羈日本差次》八首為例：

> 生金生粟費平章，負販乘車巧作場。
> 昨詔司徒卻崔烈，宣仁新政最輝光。
> 海國金繒五部開，軍儲應悔舊輪臺。
> 中朝聞納千金疏，我且高談到草萊。
> 岳家舊法翦楊麼，蠢爾飆輪火沸濤。
> 鐵炮空花自開落，幾同神弩算終操。
> 東畝要盟使節頹，閉關漫速火車來。
> 中原一發懸孤掌，天假長城萬里才。
> 虬髯癡想扶餘長（越南近事），嚇草蠻書亦浪豪。
> 萬國猶然廢公法，斗量車載已吾曹。
> 東南大局舊非今，籌海圖編費討尋。
> 史筆敢摹權與詐，雄才我不數梅林。
> 眼空天下奇山水，兒女纖詞久破除。
> 淵穎大才吾絕愛，爾來可有諭倭書。
> 勝國封章譏石洞，尚書癡訪古蓬萊。

有無徐福東行事，秦漢憑君向冷灰。[12]

又如《公度以所撰日本雜事詩見寄偶賦》寫道：

黑子東濱渺故人，扶桑濯足瞻輪囷。
偷將三島吟邊料，怛虎涼州別樣新。[13]

胡曦生逢亂世，也寫下了一些反映太平天國起義與義和團運動的詩歌。他身受太平軍與清軍在嘉應、興寧地區戰鬥的衝擊，耳聞目睹了戰爭中的種種慘狀，親身感受到戰亂給人民帶來的災難。因此這一部分詩歌寫得往往真切沉痛，也反映了太平天國這一歷史事變的某些側面，具有一定的史料價值。但必須指出的是，像封建時代的絕大多數士子一樣，胡曦對待太平天國與義和團也是持反對態度的。

胡曦詩歌的再一內容，是用竹枝詞的形式歌詠家鄉的山川風物與民俗風情，展示了客家地區的文化特色，具有鮮明的地方風格。

山歌是客家人民傳統的民間文學樣式，許多客家詩人深受山歌的滋養。胡曦的家鄉廣東興寧也是客家人聚居、山歌盛行的地區之一。他從小就受到這一悠久的文學傳統的哺育，也非常喜歡民間文學並有意學習，從中汲取豐富的營養，不斷創作具有民歌風格的詩篇。胡曦的山歌創作曾受到他的摯友黃遵憲的稱讚。光緒十七年（1891），當黃遵憲在駐倫敦使館參贊任上將客家山歌整理記載下來十五首並將之寄給胡曦時，又這樣寫道：「僕今創為此體，他日當約陳雁皋、鍾子華、陳再薌、溫慕柳、梁詩五分司輯錄，我曉岑最工此體，當奉為總

12 張伯濤整理：《胡曦〈燕草〉詩選》，《中國近代文學研究》第三期（廣州市：中山大學出版社，1985年，頁291-292。

13 同上。

裁。匯選成編，當遠在《粵謳》上也。」[14]黃遵憲對胡曦的推重之情清晰可見。

的確，作為一位深受客家民間文學滋養的詩人，胡曦寫過不少通俗明快的詩歌。如《花洲曲三首》之一：

春花洲上開，秋花洲上謝。
花謝更花開，明月花洲夜。[15]

又如《記夢》云：

不笠不屐買漁艇，乍雨乍晴攜酒壺。
我別惠州春暫老，只餘詩夢在西湖。[16]

此類詩作，無論是在內容上還是在表現形式上，都給人通俗曉暢、清靈明快之感。這表明，與何如璋、黃遵憲等近代客家詩人一樣，胡曦的詩歌創作尤其是早期詩歌創作，與客家民間文學有著深刻的關聯；客家民間文學已成為這些詩人最重要的創作營養之一。

不僅如此，還是在黃遵憲熱心於山歌創作之前，胡曦就模仿山歌風格，以口語入詩，編寫了《鶯花海》詩四卷。後人對此曾予以高度評價，如有云：「與公度同時，亦嘗有志新詩創作的，有興寧胡曉岑氏，……《鶯花海》一書，性質與山歌相仿，格創調逸，最為公度所

14 黃遵憲：《山歌題記》，錢仲聯：《人境廬詩草箋注》卷一（上海市：上海古籍出版社，1981年），頁54-55。

15 胡曦：《湛此心齋詩集》卷一，湛此心齋民國二十四年（1935年），頁12。

16 同上書，頁41。

服。」[17]又有云：「《鶯花海》四卷，首仿山歌風格為之，蓋以語體為詩者。此書後為黃遵憲所甚喜悅。」[18]「為依山歌風格而作之新體豔詩。」[19]

胡曦還以竹枝詞的形式，借鑒山歌風格，編寫成《興寧竹枝雜詠》一百首，分古跡二十首、山家二十二首、閨情二十七首、景物二十九首、補編二首，雜記興寧的鄉土遺聞，風物習俗，且係以小注，加以簡要說明。現錄出數首，以見其內容與風格特點之一斑：

入春祈穀又祈年，傴僂神祠古道邊。
削得竹竿還翦紙，同儕來去掛田錢。
（俗以楮掛竹插田，曰掛田錢。）（第二十二首）
陂塘閣閣水鳴蛙，嶺脚盤開赤蘖花。
驗取清明天氣暖，分秧忙到野農家。
（赤蘖，疑野棠之屬。俗於清明驗寒燠蒔田。諺曰：赤蘖開，分秧來；蛙落塘，種田忙。）（第二十三首）
平疇來打豆花蟲，口唱秧歌度晚風。
拍掌小兒都大笑，水田驚散白頭翁。
（邑鳥白頭翁最多，呼白頭公，亦如信天翁之呼信天公也。）（第三十首）
渠儂不做萬戶侯，渠儂鄉里倒騎牛。
渠儂住得轉城屋，走馬圍龍四角樓。
（邑鄉居築屋，有轉城圍龍走馬四角樓之目。）（第四十一首）

---

17 羅香林：《客家研究導論》（上海市：上海文藝出版社，1992年影印本），頁226。

18 羅香林：《胡曉岑先生年譜》，《南洋學報》第十七卷第二輯《黃遵憲研究專號》（1963年），頁28。

19 同上書，頁40。

偷青十五怕人窺，阿媽當前婢後隨。
最苦鳳頭鞋子窄，四更踏月話歸遲。
（元夜婦女出摘花，曰偷青，亦取生子兆也。）（第四十七首）
三月三迎阿母鑾，一群紅裏倚闌干。
小姑驀見郎君過，羞煞朱顏背轉看。
（天妃俗呼阿母，三月廿三日出遊，曰迎鑾，傾城士女縱觀。）（第五十一首）
新婦如花入洞房，弄人姊妹太癡狂。
朝來整整團圓席，對面羞教看煞郎。
（俗新婚次日，於洞房設筵，新婦與郎君對飲，曰吃團圓。）（第六十首）
鎮江樓畔荔支饒，簾卷篷窗喚過橋。
紅袖青錢三百個，低聲教語綠荷包。
（鎮江樓在西河。邑荔支一種，皮皴碧而核小者曰綠荷包，為諸果之最。）（第八十三首）
吉湖西路甲湖南，九派溫泉占二泉。
落葉仰槐儂不管，筍廚蔬釜早安便。
（通志：嘉屬溫泉九派，興寧二，吉湖，邑西二十里，甲湖，邑南二十里是也。）（第九十二首）
城南老榕大蔽牛，蜂鑽蝨蠹了無愁。
千年巢鶴忽飛去，啞啞鶴雛啼樹頭。
（城南迎薰門外古榕，大數十抱。）（第九十四首）[20]

可見，胡曦所作《興寧竹枝雜詠》是地方色彩相當濃鬱的通俗詩

---

20 胡曦：《興寧竹枝雜詠》民國二十二年（1933年），頁4-15。

歌，詩人重在記錄與表現客家風物與民俗風情，展現了客家人生活習俗的許多方面，具有突出的個性價值。詩人紮根民間，不避俚俗，有意以方言諺語入詩，既通俗明快又不失韻致，與後來黃遵憲的山歌創作有異曲同工之妙。

而且，這種與竹枝詞淵源甚深、基於客家山歌的詩歌方式，幾乎是所有客家詩人的創作源泉和動力之一。從嘉慶、道光年間的宋湘開始，後來的多位客家詩人均受到這種傳統的啟發和影響，如何如璋《使東雜詠》，黃遵憲《新嫁娘詩》、《日本雜事詩》，丘逢甲《臺灣竹枝詞》四十首，等等，均是這種創作習慣的延續和發展。胡曦的《興寧竹枝雜詠》正是這種創作傳統和創作風氣下的產物。

胡曦詩歌的風格特色，與黃遵憲的某些作品極為相近，二人都主要是學習客家前輩詩人宋湘，而又融入新的現實生活內容，以新事物、新名詞入詩，以客家山歌筆法作詩，在很大程度上為走向結局的中國古典詩歌進行了新的探索。

胡曦的詩歌往往大筆淋漓，開闔自由，風骨遒勁。胡曦不僅是黃遵憲新派詩的同路人，而且，從以新事物、新名詞入詩，以客家山歌筆法作詩兩方面說，還可以說胡曦是黃遵憲的先行者，他的詩歌探索對黃遵憲頗有啟發。因此，胡曦的詩歌創作，理應在嶺南乃至全國近代詩壇佔有一席重要位置。

胡曦曾這樣為詩集題詞激勵自己：「別有區區，誓不襲取；鄉原穿窬，小道等恥；勖我先程，視其所以。」[21]可以說，作為一名一生少有如意、在仕途上一籌莫展的狷介儒士，作為一位只能以詩歌發出心中不平之鳴的窮困書生，胡曦在詩歌創作方面實現了這一目標。

---

21 胡曦：《湛此心齋詩集題辭》，《湛此心齋詩集》卷首，湛此心齋民國二十四年（1935年）。

高揚小說：梁啟超的得與失

關於梁啟超其人的認識與評價，幾十年來經歷了幾度反覆，幾番變遷。隨著時光的流逝，對他的認識應當越來越深刻，對他的評價也應當越來越公允。茲擬略述梁啟超小說理論所涉及的主要問題，著重討論他大力高揚小說的得與失、功與過。因為從文學史研究的角度來看，研究者回到研究對象的文化環境裏看到其歷史功績固然重要，而站在今天的時代裏對研究對象進行冷靜的反思，追問其歷史的缺憾也同樣有意義。

一　小說為文學之最上乘

梁啟超曾極力高揚自古以來被正統文人視為「壯夫弗為」之小道的小說。他比較集中地論述小說的文字主要寫於光緒二十二年至二十八年（1896-1902）之間，即戊戌變法前後，而以光緒二十八年（1902）「小說界革命」口號的提出為頂峰。民國四年（1915）他還曾寫過一篇《告小說家》。約略言之，梁啟超的小說理論文字主要涉及以下諸方面的問題。

第一，強調小說的社會作用和現實意義。這方面的文字在梁啟超論小說的文字中所佔比例最大，論及的次數最多。光緒二十二年（1896）所作的《變法通議·論幼學》中，在批評傳統儒生「務文采而棄實學」、不肯寫作小說之後指出：「今宜專用俚語，廣著群書，上之可以借闡聖教，下之可以雜述史事；近之可以激發國恥，遠之可以旁及彝情；乃至宦途醜態，試場惡趣，鴉片頑癖，纏足虐刑，皆可窮極異形，振厲末俗。其為補益，豈有量耶？」[1]這裏宣導的「廣著群書」，進而說明的那麼多功用，當然包括小說在內。光緒二十三年（1897）所作《譯印政治小說序》中云：「蓋夫南海先生之言也，曰：僅識字之人，有不讀經，無有不讀小說者。故《六經》不能教，當以小說教之；正史不能入，當以小說入之；語錄不能諭，當以小說諭之；律例不能治，當以小說治之。」又云：「今中國識字人寡，深通文學之人尤寡，然則小說學之在中國，殆可增七略而為八，蔚四部而為五者矣。」[2]梁啟超雖然在此轉述康有為語（康氏此語未見於《〈日本書目志〉識語》），但無疑他是贊同康氏觀點的。在這裏，小說的功能大於正史、語錄、律例這些自古以來為中國人所重視的東西，因此在它們不能奏效的時候，只有小說可以大顯身手。

以新小說報社名義發表的文章《中國惟一之文學報新小說》申述該報的條例，其第一條云：「本報宗旨，專在借小說家言，以發起國民政治思想，激勵其愛國精神，一切淫猥鄙野之言，有傷德育者，在所必擯。」[3]清楚地指出宣導小說的宗旨在於借助它作用於社會。光緒二十八年（1902）發表的《新中國未來記・緒言》中說：「顧確信此類之書，於中國前途，大有裨助，夙夜志此不衰。」又說：「茲編

1 梁啟超：《變法通議・論幼學》，《飲冰室合集・文集》之一（北京市：中華書局，1989年），頁54。

2 梁啟超：《譯印政治小說序》，《飲冰室合集・文集》之三（北京市：中華書局，1989年），頁34。

3 筆者按：此文原載《新民叢報》第十四號，光緒二十八年七月十五日（1902年8月18日）出版。黃霖、韓文同編選《中國歷代小說論著選》下冊收錄，並認為：「此文當出自梁啟超之手。」此文無論是否出自梁氏之手，均可代表作為《新小說》負責人的梁啟超的觀點，故引之。見黃霖、韓文同編選《中國歷代小說論著選》下冊（南昌市：江西人民出版社，1985年），頁31-37。

之作，專欲發表區區政見，以就正於愛國達識之君子。」[4]正是在這樣的動機驅使之下，梁啟超創作了「政治小說」《新中國未來記》，他的理論觀念在小說創作中得到了應用，受到了檢驗。

作於光緒二十八年（1902）的《論小說與群治之關係》是最集中地體現梁啟超小說理論觀念的文章，當然也最充分地表達了他著重強調小說改造社會、改造人生乃至改造一切的觀點。文章開頭即開宗明義地指出：「欲新一國之民，不可不先新一國之小說。故欲新道德，必新小說；欲新宗教，必新小說；欲新政治，必新小說；欲新風俗，必新小說；欲新學藝，必新小說；乃至欲新人心，欲新人格，必新小說。何以故？小說有不可思議之力支配人道故。」梁啟超在明確提出「小說為文學之最上乘」之後，又進而指出：「故今日欲改良群治，必自小說界革命始；欲新民，必自新小說始。」[5]非常明顯，梁啟超「小說界革命」的中心目的就是要加強小說作用於社會的力量，使之成為一種可以參加現實政治變革、促進社會發展進步的有用工具。

第二，認識並強調小說廣泛深刻的社會影響。梁啟超看到了小說在社會中的巨大影響，他的視域不僅達到中國社會的各個階層，而且注意到歐美、日本的小說在其社會發展中的作用，注意到了翻譯小說的作用。這是梁啟超以前的人們所不及的。他在《變法通議・論幼學》中說：「而《水滸》、《三國》、《紅樓》之類，讀者反多於六經（寓華西人亦讀《三國演義》最多，以其易解也）。夫小說一家，《漢書》列於九流。古之士夫，未或輕之；宋賢語錄，滿紙恁地這個，匪直不事修飾，抑亦有微意存焉。」[6]又在《譯印政治小說序》中說：

---

4 梁啟超：《緒言》，《新中國未來記》卷首，阿英編：《晚清文學叢鈔・小說一卷》（北京市：中華書局，1960年），頁1。

5 梁啟超：《飲冰室合集・文集》之十（北京市：中華書局，1989年），頁6-10。

6 梁啟超：《飲冰室合集・文集》之一（北京市：中華書局，1989年），頁54。

「在昔歐洲各國變革之始，其魁儒碩學，仁人志士，往往以其身之所經歷，及胸中所懷，政治之議論，一寄之於小說。於是彼中綴學之子，黌塾之暇，手之口之；下而兵丁、而市儈、而農氓、而工匠、而車夫馬卒、而婦女、而童孺，靡不手之口之，往往每一書出，而全國之議論為之一變。彼美、英、德、法、奧、意、日本各國政界之日進，則政治小說為功最高焉。英名士某君曰：『小說為國民之魂。』豈不然哉，豈不然哉！」[7]

光緒二十五年（1899）所作的《自由書・傳播文明三利器》中云：「於日本維新之運有大功者，小說亦其一端也。明治十五六年間，民權自由之聲，遍滿國中。於是西洋小說中，言法國、羅馬革命之事者，陸續譯出。有題為自由者，有題為自由之燈者，次第登於新報中。自是譯泰西小說者日新月盛。」[8]他清楚地看到小說有著最廣大的讀者群，有著最廣泛的影響力。這種認識較之前人是一個歷史性的進步。他也看到了中國以外的世界，看到了翻譯文學的巨大作用。這更是當時文化背景下的獨到認識，前人同樣無法與之相比。

第三，闡發分析小說的藝術感染力與藝術特性。《中國惟一之文學報新小說》開頭即指出：「小說之道感人深矣。泰西論文學者，必以小說首屈一指，豈不以此種文體曲折透達，淋漓盡致，描人群之情狀，批天地之窾奧，有非尋常文學家所能及者耶？」[9]認識到小說的藝術含量之大，小說可以描寫多種多樣的現實生活，具有靈活多變的藝術結構，均非其它文學樣式所可比擬。梁啟超在《論小說與群治之

---

7 梁啟超：《飲冰室合集・文集》之三（北京市：中華書局，1989年），頁34-35。

8 梁啟超：《飲冰室合集・專集》之二（北京市：中華書局，1989年），頁41-42。

9 筆者按：此文原載《新民叢報》第十四號，光緒二十八年七月十五日（1902年8月18日）出版。見黃霖、韓文同編選《中國歷代小說論著選》下冊（南昌市：江西人民出版社，1985年），頁31。筆者對原標點略有調整。

關係》中，還曾細緻地分析了小說「支配人道」的「薰、浸、刺、提」四種力量：「此四力者，可以盧牟一世，亭毒群倫，教主之所以能立教門，政治家所以能組織政黨，莫不賴是。文家能得其一，則為文豪；能兼其四，則為文聖。有此四力而用之於善，則可以福億兆人；有此四力而用之於惡，則可以毒萬千載。而此四力所以最易寄者，惟小說。可愛哉小說！可畏哉小說！」[10]可見，梁啟超對小說藝術感染力的多樣性、複雜性有了一定的認識，對小說感動人的強度也進行了描述。他還提及「理想派小說」與「寫實派小說」：「而諸文之中能極其妙而神其技者，莫小說若。故曰：小說為文學之最上乘也。由前之說，則理想派小說尚焉；由後之說，則寫實派小說尚焉。小說種目雖多，未有能出此兩派範圍之外者也。」[11]雖未展開來深入分析，卻可以見出梁啟超在西方文藝思想的影響下，對小說的創作流派、創作方法有了一定的瞭解。

民國四年（1915）所作的《告小說家》中有云：「而小說也者，恒淺易而為盡人所能理解，雖富於學力者，亦常貪其不費腦力也而藉以消遣。故其霏襲之數，既有以加於他書矣。而其所敘述，恒必予人以一種特別之刺激，譬之則最濃之煙也。故其薰染感化力之偉大，舉凡一切聖經賢傳、詩古文辭，皆莫能擬之。然則小說在社會教育界所佔之位置，略可識矣。」[12]對小說的淺近易解、感人至深進行了細緻的描繪。梁啟超對自己創作小說《新中國未來記》的藝術感染力不強、缺乏趣味性等缺點有著清醒的認識，嘗說：「此編今初成兩三回，一覆讀之，似說部非說部，似稗史非稗史，似論著非論著，不知此成何種文體，自顧良自失笑。雖然，既欲發表政見，商榷國計，則

10 梁啟超：《飲冰室合集・文集》之十（北京市：中華書局，1989年），頁8。

11 同上書，頁7。

12 梁啟超：《飲冰室合集・文集》之三十二（北京市：中華書局，1989年），頁67。

其體自不能不與尋常說部稍殊。編中往往多載法律、章程、演說、論文等，連篇累牘，毫無趣味，知無以厭讀者之望矣，顧以報中他種有滋味者償之；其有不喜政談者乎，則以茲覆瓶焉可也。」[13]這恰恰說明梁啟超對小說的藝術特性具有較深刻的瞭解。在藝術性和宣傳性之間，他沒有能夠做到二者得兼，兩全其美，而是讓前者付出了代價，滿足了後者的需求。由此亦可以看出梁氏小說理論根本性的價值取向。他還曾引述蔣士銓（別署藏園）《臨川夢》中俞二姑讀《牡丹亭》生感致病的故事，還有倫敦《泰晤士報》載一少年夜讀小說《米的亞端》感傷自殺的報導，來證明「小說之道，感人深矣」，「小說之神力，不可思議」[14]。均可見他對小說的藝術魅力與感染力的認識。

第四，接受外國小說影響，大力提倡「政治小說」。梁啟超認為外國文學（尤其是日本文學）中「政治小說」盛行，影響了社會歷史的進程，推動了社會的變革，因此盛讚並提倡「政治小說」。他在《譯印政治小說序》中說：「彼英、美、德、法、奧、意、日本各國政界之日進，則政治小說為功最高焉。英名士某君曰：『小說為國民之魂。』豈不然哉！豈不然哉！」[15]此後，他又不只一次論及「政治小說」問題。他在《自由書・傳播文明三利器》中說：「翻譯既盛，而政治小說之著述亦漸起。……著書之人，皆一時之大政論家。寄託書中之人物，以寫自己之政見，固不得專以小說目之。而其浸潤於國民腦質，最有效力者，則《經國美談》、《佳人奇遇》兩書為最云。嗚呼！吾安所得如施耐庵其人者，日夕促膝對坐，相與指天畫地，雌黃

---

13 梁啟超：《緒言》，《新中國未來記》卷首，阿英編：《晚清文學叢鈔・小說一卷》（北京市：中華書局，1960年），頁2。

14 梁啟超：《小說叢話》，《新小說》第十一號（上海市：上海書店，1980年複印本），頁174-175。

15 梁啟超：《飲冰室合集・文集》之三（北京市：中華書局，1989年），頁35。

今古，吐納歐亞，出其胸中所懷磈礧磅礴錯綜繁雜者，而一一鎔鑄之，以質於天下健者哉？」[16]《〈清議報〉一百冊祝辭並論報館之責任及本館之經歷》中又說過：「有政治小說《佳人奇遇》、《經國美談》等，以稗官之異才，寫政界之大勢，美人芳草，別有會心，鐵血舌壇，幾多健者，一讀擊節，每移我情，千金國門，誰無同好？」[17]

由於梁啟超的理論宣導和躬親實踐，當時的中國也終於出現了一個興盛一時的嶄新的小說種類：政治小說。而且，與此同時，又出現了不少的小說名目，如歷史小說、言情小說、偵探小說等，不一而足。這對中國小說類型、小說流派的豐富與發展大有裨益，儘管這種分類在今日看來有許多欠準確、欠周詳之處。第五，重視小說的語言形式，主張小說語言通俗化。梁啟超提出了文學語言言文合一、小說語言通俗化的主張，對那些古奧生澀的文字提出批評。他在《變法通議．論幼學》中說：「古人文字與語言合，今人文字與語言離，其利病既屢言之矣。今人出話，皆用今語，而下筆必效古言。故婦孺農甿，靡不以讀書為難事。……日本創伊呂波等四十六字母，別以平假名片假名，操其土語以輔漢文。故識字讀書閱報之人日多焉。今即未能如是，但使專用今之俗語，有音有字者以著一書，則解者必多，而讀者亦當愈夥。」[18]他還曾說過：「文學之進化有一大關鍵，即由古語之文學，變為俗語之文學是也。各國文學史之展開，靡不循此軌道。……小說者，決非以古語之文體而能工者也。本朝以來，考據學盛，俗語文體，生一頓挫，第一派又中絕矣。苟欲思想之普及，則此體非徒小說家當採用而已。凡百文章，莫不有然。」[19]

---

16 梁啟超：《飲冰室合集．專集》之二（北京市：中華書局，1989年），頁42。

17 梁啟超：《飲冰室合集．文集》之六（北京市：中華書局，1989年），頁55。

18 梁啟超：《飲冰室合集．文集》之一（北京市：中華書局，1989年），頁54。

19 梁啟超：《小說叢話》，《新小說》第七號（上海市：上海書店，1980年複印本），頁166。

這種言文一致的主張，與他強調的小說普及化並盡可能地作用於廣大的社會階層的主張相通，也與他在詩界、文界宣導的「革命」相一致。這種主張在當時發生了較大的影響，與裘廷梁、黃遵憲等人的言文一致的主張一道，造成了一種文學語言通俗化、白話化的文化思潮。他們的這種努力也成為五四時期白話文運動的先聲，不論在理論上還是在實踐上都為五四一代反文言崇白話的文化精英們積纍了經驗。

從整體上看，梁啟超小說理論涉及的諸方面並非互不相關，而有其內部結構。這些方面的組合構成了梁氏小說理論的系統觀念。重視小說的社會作用，強調小說為改造社會與人生服務，把宣導小說作為一種宣傳鼓動的手段，把小說這一文學樣式看做一種可以直接參與現實的社會改革的工具，這是梁氏小說理論的核心，也是他高揚小說的出發點和目的地。

不論是對小說深廣影響的認識，對小說藝術感染力與藝術特性的分析，還是對「政治小說」的褒獎與宣導，對小說語言通俗化的強調，都是其理論核心的內在需要和必然發展，都由這一核心生發而出，是從中心向四周的思想放射，因此這些方面均處於其理論核心的下位。把握梁啟超的小說觀，完整全面的考察固然重要，但首先要注意對這一核心思想的把握，這也應當是評價梁啟超小說理論的切入點。

二　可愛哉小說，可畏哉小說

每一個歷史人物、每一種理論觀念均存在著功與過、得與失，只有這樣的人才是活生生的真實的人，只有這樣的理論才是常態的而不是被神秘化、宗教化了的理論。對梁啟超小說理論觀念的評價，既應當站在歷史發展的高度看到它的貢獻，也應當從科學的、理論的角度，站在今天的時代裏認清其缺憾。以往的許多論者雖也曾提及梁啟超的局限，但大多以「階級的和時代的局限」、「資產階級的不徹底性」、「唯心主義世界觀」等一言以蔽之，而不加具體的分析，這是極不正常的狀況。歷史無可避諱。就梁啟超論述小說的文字而言，總是成功與失誤、貢獻與缺憾、經驗與教訓的緊密紐結。

梁啟超等人的大力提倡小說之舉，一開始就是作為維新運動的一個組成部分而出現的，而不是從文學歷史發展的角度來高揚小說的。在維新變法運動失敗之前，這種弘揚小說的行動有效地配合了政治改革運動，為這一中國歷史上的進步運動大造輿論，吶喊助威。此時小說理論與小說創作的空前興盛，對戊戌變法起到了積極的推動作用。百日維新失敗，梁啟超亡命海外之後，救亡無路、報國無門的他，益發肆力於小說的理論宣導和創作實踐，表現出堅韌執著的救國圖強精神。此時的梁啟超，再次著手進行政治制度的改革已不可能，但他仍然在利用尚可有所作為的一切來傳播他的政治主張，宣傳他的政治理想。小說理論宣傳與創作即是梁啟超此期進行的種種努力的一個方面。他創辦了《新小說》雜誌，創作了小說《新中國未來記》，寫下了《論小說與群治之關係》等一系列文章，他曾熱心研讀那部熱情謳歌民族氣節的名劇《桃花扇》[20]，也曾把富於反抗精神的小說《水滸傳》的作者施耐庵引為自己的同道[21]。他熾熱的文化啟蒙精神和愛國主義激情令人奮起，他永不沮喪、永不放棄的進取精神令人感佩。

但是，也不可不看到，作為政治家、宣傳家與思想家的梁啟超，所處的時代和自身的一切條件決定了他不曾從文學本身的角度出發，去研究小說理論問題和從事小說創作，小說乃至整個文學在他那裏只

20 見梁啟超《小說叢話》，《新小說》第七號（上海市：上海書店，1980年複印本），頁173-176。

21 梁啟超：《自由書・傳播文明三利器》，《飲冰室合集・專集》之二（北京市：中華書局，1989年），頁42。

不過是一種可以為他所用的工具或手段。周作人嘗指出：「他是從政治方面起來的，他所最注意的是政治上的改革，……他是想藉文學的感化力作手段，而達到其改良中國政治和中國社會的目的的。」[22]在這裏，我們看到了一個寧可讓小說、文學作出犧牲而服務於維新變法、服務於政治變革的梁啟超。在梁啟超這一時期的思想觀念中，政治體制的改革，國家的救亡圖強，國民素質的提高，一直處於決定性的地位，認識他的小說觀，亦不應忘記這一基點。這樣的理論動機對維新變法運動而言是一件幸事，而對純粹的小說理論的發展來說則不能不是一種缺憾。

梁啟超對小說社會功能的認識遠遠超過了前人，遠較前人系統，對小說的高揚也是前無古人。這可以說是梁啟超的突出貢獻。在古代中國，小說一直處於文壇的邊緣，一直屬於文學的非正宗，人們以稗官野史等大不恭敬的名字來稱呼小說家和小說。明清以降，雖然曾有李卓吾、袁宏道、馮夢龍、金聖歎等將小說與經史相提並論，一反正統文人輕視小說的積習，大力為小說地位的提高而呼號，雖然亦曾出現了《水滸傳》、《金瓶梅》、《紅樓夢》、《儒林外史》等小說傑作，從創作實績上表明了小說的大有前途；但終究未能對根深蒂固的鄙視小說的觀念構成根本性的衝擊，小說也並未真正博得人們的青睞，走進高雅文學的殿堂。梁啟超的高揚小說崛起於中國社會動盪危難之時，其理論的系統性、氣度的縱橫恣肆都可謂前無古人。這對小說地位的提高，使其爭得在文壇上應有的地位，無疑作出了不可否認的貢獻。

19世紀以來，中國小說逐漸從文學邊緣向文學的中心地帶推移，最後完成了這一具有重大歷史意義的轉變，從而改變了中國文學中各種藝術形式的分佈結構。到如今，小說早已成為文壇的霸主，支撐著

---

22 周作人：《中國新文學的源流》（上海市：上海書店，1988年影印本），頁93-94。

文學的大廈。這一中國小說的近代化過程正是從梁啟超那一代人開始的，而梁啟超正是其核心人物。所以，梁啟超對中國小說的發展功不可沒。如上文所述，提高小說的地位，重視小說的社會作用，是梁氏小說理論的核心，他對中國小說理論的最大貢獻也正在於此。但是，歷史就是這樣令人尷尬，梁啟超小說理論的最大缺憾也集中表現在這裏。他不切實際地誇大了小說的社會作用，把小說提高得不切實際，頗為誇張。他危言聳聽似的為小說大造輿論，大喊小說之可畏、可愛，「新小說」成了「新」一切的前提，成了進行一切社會變革的條件。

其實，作為文學樣式之一的小說，實在擔負不起如此沉重的擔子。從非文學的角度把小說抬高到「文學之最上乘」，而從文學的角度觀之，則是對小說的實質性輕視和貶低；從文學發展過程和文學理論建設的角度言之，則是小說藝術特質的遺失和小說品格的淪落。梁啟超把小說抬得高高在上，無所不能，恰恰是以無視小說只是小說為代價。他在光緒二十八年（1902）所作的《論佛教與群治之關係》一文中說過：「彼歐美數百年前，猶是一地獄世界；而今日已驟進化若彼者，皆賴百數十仁人君子住之、樂之、而莊嚴之也。知此義者，小之可以救一國，大之可以度世界矣。」[23]從而認識到：「佛教有益於群治。」[24]這些表述與他在《論小說與群治之關係》中所表達的小說可以新一切的觀念何其相似！

梁啟超在《人境廬詩草・跋》（1897）和《飲冰室詩話》（1902-1907）中對黃遵憲詩的大力推崇，在《汗漫錄》（1899）和《飲冰室詩話》中對「詩界革命」的宣導和總結，在《論中國學術思想變遷之

---

23 梁啟超：《飲冰室合集・文集》之十（北京市：中華書局，1989年），頁48。

24 同上書，頁51。

大勢》（1902）中對龔自珍這位「近世思想自由之嚮導」[25]的高度讚揚，均與他對小說的弘揚有著密切的相關性和一致性。換言之，梁啟超的高揚小說不過是他宣傳政治理想的手段之一，儘管這種思想是可貴的，主觀意圖是善良的。如果把他的小說理論文字與寫於同期的其它政論文字聯繫起來考察，如《論近世國民競爭之大勢及前途》（1899）、《少年中國說》（1900）、《呵旁觀者文》（1900）、《中國積弱溯源論》（1901）、《過渡時代論》（1901）、《論學術之勢力左右世界》（1902）、《新民說》（1902）等，即可以更清楚地看到梁啟超高揚小說的非文學動機。

梁啟超在為小說的地位和作用大聲疾呼，把小說的地位抬高得登峰造極的時候，從表面上看，彷彿他已經掙脫了傳統的羈絆。然而，他越是這樣奮力的掙扎，離傳統就越近。他實際上是在以另一種方式、從另一個方向復歸著傳統。這是梁啟超的怪圈，這也是一種具有深刻意味的文化現象。

從梁啟超的焦急的吶喊中，可以聽到「蓋文章，經國之大業，不朽之盛事」[26]的遺響；他的小說可畏、可愛、可以左右世界的高叫，又與傳統觀念中小說「誨淫誨盜」的謾罵何其相似。「文以載道」的傳統觀念深潛在梁啟超思想意識的深層，並且在他那裏走向了極端。在他的思想觀念中，小說即是一切，一切都可以是小說。這不能不說是梁啟超的一個理論失誤。這一切，都向人們袒露著深受儒家入世人生哲學薰染的梁啟超的那顆在民族危難的歷史關頭，以天下為己任的焦灼的心靈，都向人們展示著他那為了救亡圖強而來不及縝密思索與理論構建的浮躁失重的心態。

---

25 梁啟超：《飲冰室合集・文集》之七（北京市：中華書局，1989年），頁97。

26 曹丕：《典論・論文》，郭紹虞主編：《中國歷代文論選》第一冊（上海市：上海古籍出版社，1979年），頁159。

梁啟超對小說藝術感染力的認識，對小說藝術特性的分析超過了前人，對小說感人至深的藝術魅力的描繪也甚為細緻。從他的那些文字中，人們可以對小說的藝術力量有更深刻的領會；而且，他用例證來說明之，更讓人感到真切可信，極具說服力。在傳統的古典小說評點中，雖也有時候接觸到小說的藝術手段問題，但多限於「妙」、「妙極」之類的隨感式的表述，而疏於具體深入的分析。傳統習慣中對小說藝術結構的理解，也多是從文章學「起承轉合」的角度視之，對小說的藝術特性沒有充分的瞭解。這種情況只是到了梁啟超這一代知識分子出現的時候才發生了大幅度的轉變；而且，梁氏本人即做了大量的工作，為中國小說藝術理論的成熟做出了巨大努力，成為後來人們認識小說藝術特質的理論先導。

但是一個不可忽視的局限在於，梁啟超如此注意小說的藝術感染力，是指向「群治」理想的實現和「新民」目標之完成，他的主觀目的絕不是純粹的小說藝術的探索。這樣就限制了他對小說藝術的深入探索和研究，只要他的政治理想得以宣傳，他完全可以不再去討論這些問題。《新中國未來記》雖能體現出他對小說藝術的追求和探索，但是同時也最集中地展現了小說的宣傳鼓動作用。這就清楚地說明藝術的因素在梁啟超心目中的位置了。而這部原計劃寫六十回的小說僅發表了五回，終於沒能全部完成，更可以證明他的小說理論不具備實踐性的困境。另外，他對小說藝術感染力的認識也有明顯的誇大之處。與他誇大小說的社會作用相一致，他也把小說的藝術力量誇大到了不切實際的程度，走向了神秘化，這也同樣是梁啟超小說理論非科學傾向的一種表現。

梁啟超的理論視野，走出了中國，走向了世界。他留心外國小說的地位和作用，使他的理論文字獲得了空前廣闊的思維空間，文章也顯得氣度闊大。這種對外國小說的借鑒，對中國小說理論建設而言是一大貢獻。由於西學東漸的文化環境和梁啟超的自覺努力，以及他特殊的經歷，使他有可能比較充分地接觸到外國文學，觀察歐美、日本小說在其社會變革中的作用，也使他小說理論的諸方面建樹明顯地高於前人。在梁啟超以前的小說家或評論家論述小說的文字裏，由於缺少必要的參照係，往往將小說比附於經史與文章，這種封閉狀態限制了小說理論和創作的發展。

近代以降，雖然西學東漸日趨擴大，但人們首先留心的只是泰西的堅船利炮與聲光化電，很晚才注意到利用外國的文學。梁啟超很早就留心西學，尤其是亡命海外之後，接觸到了日本文學及西歐、北美文學，這使他開闊了眼界，在他論著中表現出對外國小說的極大注意。他的小說理論在很大程度上受到了外國文學，尤其是明治維新以後的日本文學的影響。與梁啟超同時或稍後，小說理論著作明顯增多，而且時常有言及外國小說的文字，小說創作和小說翻譯迅速興起。這些情況的出現，均與梁啟超的理論宣導和實踐引領有著密切的關係。可以說，梁啟超使中國小說理論打破了自古以來的封閉狀態，使中國文學初步接觸到了世界的文學。

但是，在這裏，梁啟超同樣有一個失誤，即他對外國歷史與小說、文學的某些誤讀或曲解。在他看來，似乎歐美、日本各國是因為有了好的小說、好的文學，才使得那些國家走向了強盛；有了政治小說，才使那些國家建立了新政治。因此得出結論說，假如中國要想擺脫被宰割、被欺侮的困境，就必然要首先振興小說；假如中國有了新小說，也就必然會出現新的社會、新的民眾和新的一切。這樣的認識在今天看起來是明顯錯誤的，然而當年的梁啟超正是由此出發來高揚小說的。這樣的誤會使梁啟超的小說理論有著諸多的不科學之處。另外，他也顛倒了小說、文學與社會的關係。他不是認為有了那樣的社會生活與文化環境，才產生了那樣的小說家和小說作品，而是恰恰相反，他覺得是因為有了那些影響時代、左右歷史的小說家和小說，才有了那些強大的國家。雖然不可否認文學在特定歷史條件下可能對社會發展產生巨大的影響和明顯的作用，但是歸根結底文學畢竟是社會生活的反映。

梁啟超的小說理論影響了他同時代的文學。梁啟超小說理論文章發表前後，從各個角度探討小說這一文學樣式的文章大量出現了，形成了一種興盛的局面。這是中國文學史上前所未有的。與此同時，小說創作也興盛起來。此後，近代小說創作成為中國小說史上最興盛的時期之一。這種局面的形成，有著複雜的社會文化原因和文學史的內部原因。但不可否認的是，梁啟超以其無與倫比的號召力和影響力，在中國近代小說理論和小說創作中起到了不可低估的作用。在很大程度上，梁啟超的小說理論導向決定了戊戌變法前後中國小說理論的趨勢，他的小說觀念成為那一時期小說理論的主旋律。這是他的幸運，也是他的悲哀。他的理論局限與缺憾也成了那一時期的普遍不足。梁啟超的小說理論也影響了那一時期的小說創作。中國近代沒有最優秀的小說作品出現，這有著複雜的原因；而梁啟超小說觀念在當時的巨大影響不能不說也是其中的重要原因之一。

梁啟超的文學觀念也深深地影響著後來的文學。梁啟超之後，就中國文學的總體走向而言，「政治壓倒了一切，掩蓋了一切，沖淡了一切。文學始終是圍繞著這個中心環節而展開的，經常服務於它，服從於它，自身的個性並未得到很好的實現」[27]。這種情形正是從梁啟超那裏極其鮮明地表現出來的。20世紀中國文學的這種歷史走向只在很少的時間內有所變化，如五四時期文學、新時期文學等。這種情

27 黃子平、陳平原、錢理群：《二十世紀中國文學三人談》（北京市：人民文學出版社，1988年），頁9。

況的出現也有著極其深遠複雜的文化歷史原因，但梁啟超正是領路人。這種情形也引出另外一個問題，即如何評價中國傳統的文學觀念，因為它仍然活在今天的文學裏；如何建設文學理論的合理格局，如何使文學保持合乎個性的歷史走向，因為這也是當下尚未完全解決的問題。

儘管梁啟超的小說理論有其不可抹殺的功績與貢獻，但從嚴格的理論意義上說，他的小說觀念中存在著明顯的非科學因素。在很多時候，他談小說的時候心中最關注的並不是小說本身。因此，綜觀梁啟超的小說理論文字，則表現出浮躁、焦灼、非學理因素與進步、成就、貢獻紐結糾纏的複雜特徵。平心而論，梁啟超在中國小說理論的發展過程中的確佔有重要的地位，但是他小說觀念的理論價值卻不是很高。由梁啟超的這種悖論中，可以看到中國近代文學乃至中國近代文化的艱難處境。那是一個血淚與憤怒、屈辱與自強交織雜糅的非凡時代，也是文學和文化來不及充分系統化、理論化的來去匆匆的時代。梁啟超是一個典範，由他的選擇中可以看到中國近代文學的選擇。

梁啟超大力張揚小說的時代已經過去了一個多世紀。筆者在談及他小說理論貢獻的同時，也沒有忘記他的理論失誤與缺憾，這當然不是想深責已經作古的梁啟超。無論如何，他積極參與的維新運動在中國歷史上功勞永在，他是一個曾經影響了中國歷史進程的文化偉人。梁啟超有他的宿命，他的小說觀的形成亦是歷史的需要，時代的必然，他別無選擇。的確，中國一個半世紀以來留下的經驗和教訓實在太多。筆者只是從文學史的角度估價和稱許梁啟超的貢獻，從文學理論科學的角度和當今時代的高度去尋找他的失誤與缺憾。實際上，這些均非筆者的目的，重要的是從他的成功與失敗、歡樂與悲哀中汲取於我們有用的東西，去發展今天的文學。

梁啟超的戲曲創作與近代戲劇變革

梁啟超是中國近代文化的一個典型，在他的身上，集中地反映著晚清至民國時期中國文化的嬗變更替，他的思想與行事，折射出那「三千年未有之變局」的文化轉型期中某些帶有普遍意義的現象。梁啟超是一位全才文學家，在散文、詩詞、小說、戲曲和文學理論諸方面均有建樹，足以在中國近代文學史上佔有一席顯著的位置；他的文學創作同樣帶有強烈的時代感和深刻的文化史意味，他的文學道路與創作實績表現著近代以來中國文學的遭遇、選擇和命運。筆者試圖結合梁啟超的戲曲觀，探討他的戲曲創作，進而窺測晚清戲曲變革過程中某些帶有規律性的文學走向和具有普遍意義的文學史現象。

一　樣式：富於戲劇史意義和文化象徵意味的選擇

梁啟超一生興趣愛好極為廣泛，幾乎所有的文學樣式他都滿腔熱情地嘗試過。他的戲曲創作開始較晚，是在戊戌變法失敗、流亡海外之後，持續時間也不長，只有三四年。他留下的戲曲作品有傳奇三種，即《劫灰夢》、《新羅馬》和《俠情記》；另有粵劇《班定遠平西域》一種。

《劫灰夢》原載光緒二十八年正月初一日（1902年2月8日）創刊的《新民叢報》第一號，署名「如晦庵主人」，只發表楔子一出。《新羅馬》係梁啟超根據自撰的《意大利建國三傑傳》改編，初作於光緒二十八年（1902）夏天，連載於同年的《新民叢報》第十至第十三號、十五號、二十號和五十六號（1902年6月20日至1904年11月7日），署名「飲冰室主人」，原計劃寫四十出，僅完成七出。《俠情記》原載《新小說》第一號（光緒二十八年十月十五日出版，1902年11月14日出版），署名「飲冰室主人」。作者在第一齣後有識語云：「此記本《新羅馬》傳奇中之數出，因《新羅馬》按次登載，曠日持久，故同人慫恿割出，加將軍俠情韻事，作為別篇，先登於此。」[1]亦只發表一出。六幕粵劇《班定遠平西域》原載《新小說》第二年第七號至第九號（原第十九號至第二十一號），係為橫濱大同學校音樂會而作，署名「曼殊室主人」。

此外，刊於《新小說》第一號至第七號的「新串班本」《黃蕭養回頭全套》，署「新廣東武生度曲」，有論者斷為梁啟超著[2]，然均未提出立論根據。此劇之作者問題尚待進一步考證，因此茲暫不涉及。

梁啟超選擇了傳奇和粵劇兩種戲劇樣式進行新的創作，無論是就他個人來說還是就中國戲曲史來說，恐怕都不能完全歸結為偶然性和隨意性，而可以看做是一種帶有文學史意味的現象，從中可以尋覓中國戲曲發展到近代而出現的某些必然趨勢。

第一，梁啟超選擇傳奇這種戲劇樣式，表明他力圖改革戲曲、利用戲曲以為國用的努力。中國戲曲史上一個明顯的事實是，傳奇經明代至清中葉的繁榮，至「南洪北孔」之後日漸式微。鴉片戰爭後的半個世紀內，在民族矛盾與文化危機日甚一日的背景下，傳奇雜劇似乎沒有做出什麼積極的反應。直至戊戌變法失敗後，經以梁啟超為代表

---

1 《新小說》第一號，新小說報社光緒二十八年十月十五日（1902年11月14日），（上海市：上海書店，1980年複印本），頁156。

2 參見任訪秋主編《中國近代文學史》（開封市：河南大學出版社，1988年），頁216；郭延禮著《中國近代文學發展史》第二卷（濟南市：山東教育出版社，1991年），頁448。

的一批文學家的努力提倡，開始了「戲曲改良」運動，傳奇雜劇方才重新煥發出一陣迴光返照式的燦爛光芒。在晚清戲曲變革過程中，梁啟超的創作實踐和理論宣導，的確起到了示範和號角的作用。

第二，梁啟超創作粵劇，當然與他本人即是廣東人且說粵語密切相關，也與近代以來廣東往往得時代風氣之先不無關係；另一方面，他的地方戲創作，也與中國戲曲史自清中葉以來花部漸趨繁榮的發展方向一致，表明他對地方戲之作用與影響的重視。梁啟超雖對粵劇的固有程序多有不滿，並打算對之進行改革，但由於對舊戲的改造一時尚難開展，宣傳新思想的任務又相當緊迫，他也只得利用舊粵劇來宣傳新思想，而且比較尊重舊粵劇的內在規律和舞臺特點。這一點，他在《班定遠平西域》的《例言》中表達得很清楚，他說：「此劇經已演驗，其腔調節目皆與常劇吻合。可以原本登場，免被俗伶搿扯點竄」；「此劇用粵劇舊調舊式，其粵省以外諸省，不能以原本登場，而大致亦固不遠」；「此劇科白儀式等項，全仿俗劇，實則俗劇有許多可厭之處，本亟宜改良。今乃沿襲之者，因欲使登場可以實演，不得不仍舊社會之所習，否則教授殊不易易。且欲全出新軸，則舞臺樂器畫圖等無一不須別制，實非力之所逮也」。[3]他這種「舊瓶裝新酒」式的戲曲創作，與他宣導的以「鎔鑄新理想以入舊風格」[4]為宗旨的「詩界革命」，在文化趨向上是一致的。

第三，梁啟超的三部傳奇均未作完，而一本粵劇卻偏偏完成了。假如將這一偶然事實與晚清戲曲發展中傳奇雜劇的漸趨衰落、地方戲曲不斷興盛的趨勢聯繫起來看，二者之間似乎又存在著彼此呼應、相互印證的關係。梁啟超因為過於勤奮、過於求多，一生未完成的事情

3 《新小說》第二年第七號（原第十九號），新小說報社光緒三十一年（1905年）（上海市：上海書店，1980年複印本），頁135-137。

4 梁啟超著，舒蕪校點：《飲冰室詩話》（北京市：人民文學出版社，1959年），頁2。

很多。僅就寫作方面而論，有頭無尾的作品就有不少，如有計劃而未動手的《曾國藩傳》，未寫完的文章《開明專制論》，未完成的小說《新中國未來記》（原計劃寫六十回，只完成五回）等。三種傳奇的有始無終恰與傳奇雜劇走向消歇的近代命運相似，而一本粵劇的順利完成，則彷彿昭示著地方戲曲未來的廣闊天地。

二　題材：以國家富強和民族獨立為中心

題材的選擇往往是作家創作精神最集中的體現；對題材的處理，也往往是作家文學觀念的充分表現。梁啟超致力於文學理論和文學創作的最主要動機，就是要將文學作為宣傳維新變法思想、開啟民智、救時救國的有力武器。戊戌政變發生後，切實的變法維新半途而廢，政治上窮途末路、流亡海外之後的梁啟超尤其如此。他在《汗漫錄》（後改名《夏威夷遊記》）中提出「詩界革命」與「文界革命」的口號，在《飲冰室詩話》中進一步總結了「詩界革命」的經驗。與此同時，在創作實踐中嘗試「新派詩」和「新文體」，在日本創辦《新小說》雜誌，在理論上標舉「政治小說」，宣導「小說界革命」，呼喊「小說為文學之最上乘」的真正目的恰在於此[5]；此時他滿懷熱情地創作小說《新中國未來記》，創作戲曲《劫灰夢》、《新羅馬》、《俠情記》、《班定遠平西域》的深層原因亦在於此。

梁啟超的戲曲創作，題材不外兩個方面：一為外國民族解放、獨立運動的歷史；一為中國古代兵強國盛、四方歸服的故事。無論哪一種題材，都非常明顯地貫串著一個精神，即從當時中國內外交困、民

5　參考梁啟超《汗漫錄》、《飲冰室詩話》、《譯印政治小說序》、《論小說與群治之關係》、《清代學術概論》等著作。

不聊生、岌岌可危的現實出發，呼喚國家的強盛、民族的獨立，努力使中華文化重現昔日的輝煌。

這一點，梁啟超在每一本戲中都有充分的說明。在《劫灰夢》中，作者借主人公杜撰之口表白道：「你看從前法國路易十四的時候，那人心風俗不是和中國今日一樣嗎？幸虧有一個文人叫做福祿特爾（引者按：今譯伏爾泰），做了許多小說戲本，竟把一國的人從睡夢中喚起來了。想俺一介書生，無權無勇，又無學問可以著書傳世，不如把俺眼中所看著那幾樁事情，俺心中所想著那幾片道理，編成一部小小傳奇，等那大人先生、兒童走卒，茶前酒後，作一消遣，總比讀那《西廂記》、《牡丹亭》強得些些，這就算我盡我自己面分的國民責任罷了。」[6]《新羅馬》中作者也借但丁之口述說寫作緣由云：「老夫生當數百年前，抱此一腔熱血，楚囚對泣，感事欷歔。念及立國根本，在振國民精神，因此著了幾部小說傳奇，佐以許多詩詞歌曲，庶幾市衢傳誦，婦孺知聞，將來民氣漸伸，或者國恥可雪。……我想這位青年，飄流異域，臨睨舊鄉，憂國如焚，迴天無術，借雕蟲之小技，寓遒鐸之微言，不過與老夫當日同病相憐罷了。」[7]這幾乎是作者站在舞臺上宣講寫作宗旨了。《俠情記》女主角馬尼他上場即表白道：「我家家傳將種，係出清門，先君愛國如焚，迴天無力，因把我姊弟兩個從幼教育，勖以國民責任，振以尚武精神。……可恨我祖國久沉苦海，長在樊籠，志士銷磨，人心腐敗，正不知何時始得復見天日哩！」[8]《班定遠平西域》之《例言》也專列一條談寫作動機云：

6 梁啟超：《劫灰夢・楔子一出・獨嘯》，阿英編：《晚清文學叢鈔・傳奇雜劇卷》（北京市：中華書局，1962年），頁688。

7 梁啟超：《新羅馬・楔子一出》，張庚、黃菊盛主編：《中國近代文學大系・戲劇集一》（上海市：上海書店，1996年），頁325-326。

8 梁啟超：《俠情記・第一齣緯憂》，阿英編：《晚清文學叢鈔・傳奇雜劇卷》（北京市：中華書局，1962年），頁549。

「此劇主意在提倡尚武精神，而所尤重者在對外之名譽。」[9]

梁啟超戲曲創作的題材選擇，是他個人政治思想、文學觀念所決定，也是晚清戲曲發展變革的必然。在中國近代那樣一個特殊的歷史文化環境中，幾乎所有知識分子的政治努力、思想建構、文學理論和創作實踐，都以啟發蒙昧、救國救民為中心，都不能不承擔沉重而緊迫的歷史使命。中國傳統士子儒生人格構成中的歷史責任感和道德使命感，在近代知識分子身上得到最充分的再現與發揚。梁啟超作為近代知識分子的典型，與他其它方面的文學活動一致，在戲曲創作題材的選擇上同樣與時代主旋律相呼相應，並無二致。梁啟超對戲曲社會價值和政治功用的認識，與他在《論小說與群治之關係》中宣稱的小說之無與倫比的巨大作用、神奇魔力極為相似：「欲新一國之民，不可不先新一國之小說。故欲新道德，必新小說；欲新宗教，必新小說；欲新政治，必新小說；欲新風俗，必新小說；欲新學藝，必新小說；乃至欲新人心，欲新人格，必新小說」；「故曰，小說為文學之最上乘也」。[10]當時所謂「小說」即包括戲曲、說唱文學等形式在內。

從戲曲發展史的角度來看，借外國革命故事以宣傳社會變革、鼓舞民氣的作品，借歌頌古代民族英雄事蹟激發愛國熱情、喚醒國人的作品，都是晚清戲曲創作中最重要的題材。晚清時期的戲曲作品，嘗被鄭振鐸譽為「激昂慷慨，血淚交流，為民族文學之偉著，亦政治劇曲之豐碑」，「大有助於民族精神之發揚」。[11]梁啟超的題材選擇，恰恰充分表現了這種時代精神。準確地說，是梁啟超很好地把握了時代精

9 《新小說》第二年第七號（原第十九號），新小說報社光緒三十一年（1905年）（上海市：上海書店，1980年複印本），頁135。

10 《新小說》第一號，新小說報社光緒二十八年十月十五日（1902年11月14日）（上海市：上海書店，1980年複印本），頁1-3。

11 鄭振鐸：《晚清戲曲錄敘》，《鄭振鐸古典文學論文集》（上海市：上海古籍出版社，1984年），頁1005。

神的脈搏，用戲曲創作道出了時代的心聲，開啟了中國古代道德化戲曲向近代政治化戲曲轉變的新風氣。

三　平面化人物：承載作者的政治觀念

戲劇角色歷來是戲曲創作的中心，如何塑造個性化的不朽的藝術典型，創造具有長久生命力的戲劇角色，是中外戲劇家普遍關注的問題。角色的成功與否在很大程度上成為戲劇藝術成就高下的關鍵。王國維在《宋元戲曲史》中將「由敘事體而變為代言體」作為「中國之真戲曲」[12]出現的標誌之一，也同樣表現了對戲曲角色的高度重視。

如上所述，梁啟超從事戲曲創作的深層原因和真正目的並不在於戲曲本身，而是遠在文學之外。這就使他在創作過程中最關注的並不是從戲曲的藝術規律出發，創造出高度個性化、立體化的戲曲角色，而是如何通過戲曲角色傳達自己的政治見解、宣傳個人的文化主張。因此他對角色的處理與以往的許多戲曲作家多有不同，就是十分自然的了。梁啟超戲曲中的人物，不管是《劫灰夢》中的正生杜撰（這一角色的姓名本身即說明作者對他的虛構式處理），《新羅馬》中的正生瑪志尼、加富爾，《俠情記》中的正旦馬尼他，還是《班定遠平西域》中的正生班超，他們登場之後，大多有較長段的道白並適當穿插唱詞，作者並不是通過這些人物的舞臺活動著力刻畫性格，表現個性，作者讓他們做得最多的是宣講政治局勢、分析危機原因和討論救國辦法。也就是說，這些人物的道白與唱詞，在很大程度上就是作者志向的表白，角色在舞臺上相當直接地言作者之志。這就使角色在戲

12 王國維：《宋元戲曲史．元雜劇之淵源》（上海市：華東師範大學出版社，1995年），頁80。

曲中「表演」的成分大大削弱，人物性格沒有大的發展，出現了明顯的「平面化」傾向，顯得不夠豐滿，不夠立體化，有時甚至顯得較為蒼白。

這種情形的出現，從戲曲的藝術本質來看，不能不說是梁啟超的一個失誤；但這些人物卻很好地貫徹了作者的創作意圖，出色地完成了言作者之志、抒作者之情的任務。梁啟超並不缺乏藝術修養，也不缺少駕馭劇中人物的才情；所以如此者，實在是他將文學理論和創作納入政治運動軌道的必然結果。他並非不知道，在他的劇本中，戲曲的藝術本質沒有得到充分的展現，他甚至是有意為之的。這其實是晚清戲曲家的必然選擇，是近代戲曲的注定命運；戲曲人物的平面化傾向只是近代戲曲在總體上走向政治化道路的一個方面。

從晚清戲曲，尤其是從甲午戰爭失敗之後維新派戲曲家和革命派戲曲家的作品來看，戲曲人物都不同程度地帶有平面化和簡單化的傾向。梁啟超的作品實為其代表和先導。這種情形的出現，並不是選取外國史事和中國史事以著重表現戲曲家政治觀點、思想情感的必然結果，即是說，這並不是由作品的題材決定的。在中國戲曲史上，雖然也有《清忠譜》那樣「思往事，心欲裂；挑殘史，神為越。寫孤忠紙上，唾壺敲缺」[13]的時事戲，也有《桃花扇》這樣「借離合之情，寫興亡之感」[14]、借古諷今的歷史戲，可是劇中人物不但毫不顯平面化，反而愈發生動真切，如周順昌、顏佩韋、李香君、侯方域都成為中國戲曲史上的不朽典型。梁啟超處理劇中人物與李玉、孔尚任處理劇中人物的最大不同在於，後者是把主要人物作為戲曲矛盾的焦點，

13 李玉：《清忠譜．譜概》，王季思主編：《中國十大古典悲劇集》（上海市：上海文藝出版社，1982年），頁509。

14 孔尚任：《桃花扇．先聲》，王季思、蘇寰中、楊德平合注：《桃花扇》（北京市：人民文學出版社，1959年），頁1。

通過主要人物的性格和命運最大限度地表現重大時事和歷史事件，寄託作者的憂憤之情與興亡之感；而前者則往往把主要人物作為歷史事件的見證人，通過主要人物的述說、演講，將戲劇情節、創作主旨告訴讀者或觀眾。

這種情況的出現，當然與梁啟超的戲曲多未能完成有關。相對而言，已經完成的《班定遠平西域》一劇中，班超的形象較之其它三部傳奇中的人物要成功些。但這畢竟不是最根本的原因。

四　情節與衝突：走向淡化和泛化

王國維在《宋元戲曲史》中指出：「必合言語、動作、歌唱，以演一故事，而後戲劇之意義始全。」[15]可見中國戲曲中「故事」即情節結構和矛盾衝突的重要地位。綜觀中國戲曲史上的名作，無不具有精彩的故事、引人入勝的情節和激烈而深刻的衝突。梁啟超創作戲曲，最關注的當然不是情節和衝突，故事在他的筆下不是情節展開、衝突構成的自然過程和必然結果，只是承載其政治思想的不可少的手段而已。如果說這種情況在只完成一出的《劫灰夢》、《俠情記》中表現得還不充分，那麼在完成七出的《新羅馬》和全部完成的六幕粵劇《班定遠平西域》兩劇中，就表現得相當明顯。

《新羅馬》一劇，作者原計劃寫四十出，表現意大利自1814年以後五十年間興衰成敗的歷史。如此巨大的時間跨度，作者必須採用高度概括的情節結構方式，而這樣的結構方式與戲劇情節高度濃縮、戲劇衝突高度集中的要求正相矛盾。在這一創作難題面前，梁啟超的選

15 王國維：《宋元戲曲史．宋之樂曲》（上海市：華東師範大學出版社，1995年），頁40。

擇是讓情節和衝突遷就戲曲內容。從另一個角度看，這也不失為是對中國戲曲進行改革的一種探索和嘗試，是對舊有的戲曲表現方法的突破和革新。從此劇第一齣開始，作者就採用了近於「歷史大事年表」的排列方式，展現意大利歷史變革過程中三位傑出人物的巨大作用，登場人物與其說是作為戲曲角色在表演故事，不如認為他們是在舞臺上向讀者或觀眾講述歷史過程。第一齣《會議》寫1814年事；第二齣《初革》寫1820年事；第三齣《黨獄》寫1821年事；第四齣《俠感》寫1822年事；第五齣《弔古》寫1823年事；第六齣《鑄黨》寫1825年事。此劇的主體結構即是如此。歷史事實的演述使得情節線索不能突出，作者在劇中表現的，彷彿是一個一個重要歷史事件形成的「點」，這些「點」並沒有很好地用一條引人入勝的「線」貫串起來。情節在此劇中顯得再不像在以往的戲曲中那麼重要了。與此相聯繫，劇中人物之間難以構成尖銳而具體的戲劇衝突，戲劇衝突不是角色與角色之間的反映了某些人生根本問題的性格衝突，而泛化為政治矛盾和黨派矛盾，角色很多時候也是在講述這種戲劇性不強、表演困難的衝突。

六幕粵劇《班定遠平西域》的情節和衝突也是如此。劇寫班超奉皇帝之命赴西域征討匈奴，使得西北各族歸順漢朝，天下太平。但是作者並沒有展現班超在邊地作戰的具體情節，表現交戰雙方的激烈衝突，而是把主要筆墨用以交待戰場之外的一些情節；更無貫串全劇的矛盾衝突，主要表現的是這場戰爭的結果和影響。第一幕《言志》，班超上場的四句唱詞可以看做中心：「萬里封侯未足多，天教重整漢山河。何當雪恥酬千古，高立崑崙奏國歌。」[16]接著具體抒發投筆從

16 《新小說》第二年第七號（原第十九號），新小說報社光緒三十一年（1905年）（上海市：上海書店，1980年複印本），頁138。

戎、平定天下四方之志。第二幕《出師》，寫出兵之前皇帝命班超為定遠大將軍，並向班超授軍旗，然後以合唱《出軍歌》作結。第三幕《平虜》，應當是集中表現征戰場面的機會，也可能是情節最精彩、衝突最激烈的部分，但作者並沒有著力於此。班超上場即道：「自從奉命專征，在關外二十二年，定西域五十餘國，皆係以夷攻夷，不煩中國一兵一餉。今日群戎，喁喁向化，服從漢家，如依慈母。」[17]之後安排了班超兵不血刃，通過談判即使一西域欽差和一鄯善國王歸順的情節，主要是以雙方對話交待事件的經過。第四幕《上書》，寫班惠在「送二哥出征，轉瞬已經三十多年」[18]之後，因為手足情深，思念不已，上書皇帝請求讓班超歸還，皇帝下詔書宣班超還朝。第五幕《軍談》，寫班超軍中的二位軍士對談，一個唱了一支《龍船歌》，另一個唱了幾首《從軍樂》，二人所唱，構成這一幕戲的主體，歌唱的主旨在於歌頌班超的功業，誇讚當兵的好處。第六幕《凱旋》，寫年已七十的班超接聖旨班師還朝，最後以合唱《旋軍歌》，高呼口號「軍人萬歲，中國萬歲」結束。

可見，梁啟超並不是主要致力於戲劇情節的巧妙安排和矛盾衝突的精心處理，戲劇情節和戲劇衝突主要用以承載作者思想，貫徹作者創作意圖，在達到這一目的的前提下，情節和衝突對作者來說已並不重要。在此劇中，我們感受到的是大跨度的時間和空間距離，看到的是作者認為重要的一個一個的場面，戲劇情節斷斷續續，線索不突出也不集中，情節功能被明顯地削弱了，因此戲曲的整體感欠佳。戲劇衝突不是集中於班超和敵方主要人物身上來表現，戲曲本身並沒有驚心動魄的衝突，民族矛盾、戰爭衝突主要是讓劇中人講述出來，作為

---

17 《新小說》第二年第八號（原第二十號），新小說報社光緒三十一年（1905年）（上海市：上海書店，1980年複印本），頁135。

18 同上刊，頁141。

班超遠征背景的漢族與西域的民族矛盾，從幕後被推到前臺，成為戲曲的主要衝突。以這種並不具體，也不集中的矛盾為主要的戲劇衝突，當然可以認為是中國近代戲曲變革中的一種探索，其結果之一就是戲劇衝突的泛化。

戲劇情節的淡化和戲劇衝突的泛化，正是中國戲曲自清代以後逐漸由「場上之曲」走向「案頭之曲」的突出表現之一，也是中國戲曲由「俗文學」向「雅文學」轉化過程中的主要特徵之一。中國戲曲的案頭化與雅正化傾向，在近代戲曲發展歷程中得到進一步的延續，也是傳奇雜劇走向終結的重要標誌。在梁啟超的戲曲作品裏，情節的安排、衝突的處理、人物的塑造，對傳統戲曲而言都出現了不少變化，這些變化相當集中地昭示著中國戲曲在走向終結的時候，逐漸遠離舞臺、遠離觀眾而走向書齋、走向讀者的「文章化」過程。

梁啟超對小說《新中國未來記》的處理，與他對戲劇情節與衝突的處理，在理論上和實踐上都是相當一致的。他說：「確信此類之書，於中國前途，大有裨助」，「茲編之作，專欲發表區區政見」，「似說部非說部，似稗史非稗史，似論著非論著，不知成何種文體，自顧良自失笑。雖然，既欲發表政見，商榷國計，則其體自不能不與尋常說部稍殊。編中往往多載法律、章程、演說、論文等，連編累牘，毫無趣味，知無以厭讀者之望矣」。[19]由此可見梁啟超政治思想與文學觀念之間的密切關聯，亦可見他文學理論與創作實踐的同步同調。他對自己的創作宗旨、形式選擇、表現手法、成敗優劣都有著極為清醒的認識。特殊的歷史文化背景和個體人格特徵，使梁啟超和他同時代的文學家們別無選擇。

---

19 梁啟超：《緒言》，《新中國未來記》卷首，阿英編：《晚清文學叢鈔・小說一卷》（北京市：中華書局，1960年），頁1-2。

有論者說，《新羅馬》中的主要人物瑪志尼至第四齣才出場，打破了古典戲曲中正生或正旦必須在第一齣即出場的舊習慣。其實，梁啟超之所以能夠這樣處理，從戲曲本身來說，一是由於表現這種龐大的新題材的需要，另一個重要的原因就是，戲劇情節的淡化，戲劇衝突的泛化，使他這樣處理戲曲人物具有了可能性。《班定遠平西域》一劇中，主人公班超的戲並不很多，他的形象也並不見得很突出，這也與情節的淡化和衝突的泛化密切相關。梁啟超的戲曲創作反映了這樣一種傾向：中國戲曲在近代的迅速變革過程中，由歌舞化、寫意化向著重道白（獨白和對白）和寫實化的方向發展。

五　語言：中西古今雜糅的報章體色彩

梁啟超生逢中西文化衝突交匯的海通之世，正是中國文化由古代走向現代的轉型時期。在這一過程中，中國社會政治最不穩定，中國文化變遷最為迅速、最為複雜，中國文學語言也發生著深刻的變革。而這一切變遷又非常集中地從梁啟超這位時代造就的典型人物身上反映出來。

梁啟超的散文語言是最具特色的，他的戲曲語言也同樣別具一格，反映了中國戲曲語言在西方文化影響下，由古代走向現代的文化轉型期的過渡特色，也昭示了中國戲曲語言融匯古今、兼取中西的未來走向。梁啟超戲曲語言的突出特色集中表現在如下三個方面。

第一，以作者才情和劇情需要為中心，引用和化用中國古典詩詞曲的語言，增強了作品的語言張力和文學色彩。

梁啟超具有深厚而紮實的傳統文化根底，對中國古典文學極其稔熟，且記憶力驚人。這就使他在戲曲創作中可以得心應手地直接引用或者化用前人的語言，為自己的作品增添光彩，而且可以收到以簡馭繁、以少勝多的效果。他常常信手拈來前人作品的語言，又與自己作品的情境、要表達的思想非常和諧。現舉幾例：《劫灰夢》楔子一出《獨嘯》杜撰的上場詩：「國破山河在，城春草木深。感時花濺淚，恨別鳥驚心。」[20]係引用杜甫《春望》詩之前兩聯，二人又皆姓杜。《新羅馬》第六齣《鑄黨》格裏士比的上場詩：「朝從屠沽遊，夕拉騶卒飲。此意不可道，有若茹大鯁。傳聞智勇人，驚心自鞭影。蹉跎復蹉跎，黃金滿虛牝。匣中龍光劍，一鳴四壁靜。夜夜輒一鳴，負汝汝難忍。出門何茫茫，天心牖其逞。既窺豫讓橋，復瞰軹深井。長跽奠一卮，風雲撲人冷。」[21]係全篇引用龔自珍詩《自春徂秋偶有所觸拉雜書之漫不詮次得十五首》之五，惟第六句「驚心」當作「傷心」，第九句「龍光劍」當作「龍劍光」，第十七句「長跽」當作「長跪」。這些異文當係梁啟超記憶偶誤所致。《班定遠平西域》第三幕《平虜》徐幹的上場詩：「挽弓當挽強，用箭當用長。射人先射馬，擒賊先擒王。」[22]係引用杜甫詩《前出塞九首》之六前半。第四幕《上書》班惠的上場詩：「戰士軍前半死生。」[23]出自高適詩《燕歌行》。

梁啟超在戲文中化用前人語句，尤其是化用古典詩詞、戲曲名篇名句的情況就更多。比如：《新羅馬》第一齣《會議》梅特涅云：「一手掩蓋天下目，兩朝專制老臣心。」[24]下句係化用杜甫《蜀相》詩之頸聯：「三顧頻繁天下計，兩朝開濟老臣心。」第七齣《隱農》【尾

20 阿英編：《晚清文學叢鈔．傳奇雜劇卷》（北京市：中華書局，1962年），頁686。

21 同上書，頁541-542。

22 《新小說》第二年第八號（原第二十號），新小說報社光緒三十一年（1905年）（上海市：上海書店，1980年複印本），頁138。

23 同上刊，頁141。

24 阿英編：《晚清文學叢鈔．傳奇雜劇卷》（北京市：中華書局，1962年），頁521。

聲】有句云：「暫裝起大地山河一笠中。」[25]係化用李玉《千忠戮・慘睹》【傾杯玉芙蓉】「收拾起大地山河一擔裝」句。《俠情記》第一齣《緯憂》開頭馬尼他唱詞云：「望月華故國千里，怨錦瑟無端五十弦，奇情除問天！」[26]中間一句係化用李商隱《錦瑟》詩首聯：「錦瑟無端五十弦，一弦一柱思華年。」同出【尾聲】有句：「我一生兒愛才如命是天然。」[27]係化用湯顯祖《牡丹亭・驚夢》【醉扶歸】「可知我常一生兒愛好是天然」。這種引用、化用前人作品，「有來歷」的語句，梁啟超的幾種戲曲中還有很多，此不贅述。

第二，大量運用近代出現的新名詞和新術語，有時甚至讓角色直接使用外語表演，在地方戲曲中大量使用方言詞彙。

梁啟超在中國近代是獨領風騷的人物，許多從外國傳入的新詞彙，他都是首先使用者之一。這在他的散文和小說中有充分的表現，他的戲曲作品同樣如此。翻開他的戲曲，外國的人名、地名經常出現自不用說，就是近代以來出現、至今仍然活在人們語言中的詞彙也幾乎觸目皆是，如自由、平等、獨立、國旗、國歌、外交、革命、政府、人民、民權、握手、接吻、演說、跳舞、憲法、同志、世界、文明、共和國、獨立軍、新聞紙、愛國精神、民族主義、國民精神、國民義務、國民責任，諸如此類，不勝枚舉。這實際上反映了中國文學語言在近代發生的根本性的變化，也反映了中國文學語言的一種發展趨勢。

梁啟超通曉英、日兩種語言，在戲曲中時常使用音譯外來詞，如《班定遠平西域》中將英語 Mister（先生）譯為「未士打」之類。不僅如此，在《班定遠平西域》第三幕《平虜》中，作者為了表現匈奴

25 阿英編：《晚清文學叢鈔・傳奇雜劇卷》（北京市：中華書局，1962年），頁548。

26 同上。

27 同上書，頁551。

欽差及其隨員奇異怪誕、驕橫滑稽的性格，營造強烈的喜劇氣氛，索性讓這兩位外國人以非常奇特的語句來說、來唱。茲引一段於此：

> （欽差唱雜句）我個種名叫做 Turkey，我個國名叫做 Hungary，天上玉皇係我 Family，地下國王都係我嘅 Baby。今日來到呢個 Country，堂堂欽差實在 Proudly。可笑老班 Crazy，想在老虎頭上 To play。（做怒狀）叫我聽來好生 Angry，呸，難道我怕你 Chinese？難道我怕你 Chinese？（隨員唱雜句）ォレ係匈奴嘅副欽差，（做以手指欽差狀）除了ァノ就到我ヱヲイ。（做頓足昂頭狀）哈哈好笑シナ也鬧是講出ヘタィ，叫老班個嘅ャッッ來ウルサィ，佢都唔聞得オレ嘅聲名咁タッカィ，真係オーバカ咯オマヘ。[28]

這是英語、日語和粵語三者的奇異混合物，是梁啟超戲曲中運用外來語言和方言最典型的例子，近代以前的中國古典戲曲語言中蓋從未有過。可以想像，假如將這樣的語言方式和表演方式形諸舞臺，定能取得非常理想的戲劇效果。這種話語方式也是近代以來中國文學語言愈來愈突出的現象。

關於方言詞彙的使用，在《班定遠平西域》中還有很多，特別是在人物的對白中，粵方言佔據主要地位。這種情況，對懂得粵語的讀者或觀眾來說，極為生動傳神，而對方言區以外的人們來說，就存在明顯的接受困難了。所有使用方言創作的文學作品大凡都是如此。

第三，以積極探索和大膽創新的心態，進行戲曲語言革新的嘗

---

28 《新小說》第二年第八號（原第二十號），新小說報社光緒三十一年（1905年）（上海市：上海書店，1980年複印本），頁136-137。

試，以新歌時調入戲，體現了近代戲曲語言走向民間、走向大眾的趨勢。這一特點主要表現在粵劇《班定遠平西域》的語言運用和材料處理上。此劇的語言有一點特別值得一提：第二幕《出師》末尾提示以「合唱《出軍歌》，繞場三匝」[29]作結，第六幕《凱旋》之末也提示「合唱《旋軍歌》，繞場三匝」[30]。《出軍歌》八首、《旋軍歌》八首為當時謫居家鄉廣東梅州的黃遵憲的新詩作，其中《出軍歌》前四首曾發表於光緒二十八年十月十五日（1902年11月14日）出版於日本橫濱的《新小說》第一號。作為黃遵憲的摯友，梁啟超及時且積極地將此詩採入自己的戲曲作品，一方面說明他對摯友黃遵憲的欽敬，對這些「新派詩」的喜愛；另一方面也表現了他活躍敏銳的思想和迅速捕捉創作材料的能力。同時黃遵憲尚作有《軍中歌》八首，三者總稱《軍歌》，共二十四首，每首詩之末一字聯綴起來，就是富於鼓動性、戰鬥性的宣傳口號：「鼓勇同行，敢戰必勝，死戰向前，縱橫莫抗，旋師定約，張我國權。」梁啟超還在《飲冰室詩話》中盛讚道：「讀此詩而不起舞者必非男子。」[31]因此可以說，梁啟超將此詩採入劇中，確有深意存焉。

梁啟超的戲曲作品，假如略去其中的曲詞唱段，而將其說白部分當做文章來閱讀的話，就可以非常明顯地感覺到，這種戲曲語言與他於光緒二十二年至光緒三十三年（1896至1907）間創作的大量散文的語言相當一致，也與他此期創作的未完小說《新中國未來記》的語言非常接近。這十年間是梁啟超作為一位維新派思想家、活動家最活躍

29 《新小說》第二年第七號（原第十九號），新小說報社光緒三十一年（1905年）（上海市：上海書店，1980年複印本），頁145。

30 《新小說》第二年第八號（原第二十號），新小說報社光緒三十一年（1905）（上海市：上海書店，1980年複印本），頁149。

31 梁啟超著，舒蕪校點：《飲冰室詩話》（北京市：人民文學出版社，1959年），頁43。

的時期，也是他致力於文學活動最專注的時期。這一時期及此後的一段時間，梁啟超的一切活動，用他自己的話說就是「益帶政治的色彩」[32]。他在回顧此期寫下的發表於報刊的大量散文時，把這些文章的語言特點概括為：「啟超夙不喜桐城派古文；幼年為文，學晚漢魏晉，頗尚矜煉；至是（引者按：指戊戌變法失敗之後）自解放，務為平易暢達，時雜以俚語韻語及外國語法，縱筆所至不檢束；學者競傚之，號新文體；老輩則痛恨，詆為野狐。然其文條理明晰，筆鋒常帶情感，對於讀者，別有一種魔力焉。」[33]

這種文體又稱時務文體、新民體或報章文體，其特點是平易暢達、條理明晰、筆鋒常帶情感；突破古文創作的一切家法，任意馳騁，意盡方止，不受任何束縛，打破了傳統古文、駢文、韻文的界限，熔單句、偶句於一爐，半文半白，半雅半俗。在語言材料上，以當時見諸報刊的書面語言為基礎，將俚語、韻語、外國語言的新詞彙與新的句式特點融入文章。這種文體，的確一新國人耳目，風行一時，影響極為廣泛深遠。其實，不僅散文如此，梁啟超此期的文學理論文章、部分詩詞、小說《新中國未來記》等，都不同程度地帶有這種報章文體的特點。他的戲曲作品在語言運用上也同樣表現出文章化的傾向，展現了以他為傑出代表的報章體語言的時代特色。

總而言之，政治家兼文學家的梁啟超的戲曲創作，在戲劇樣式的選擇、戲劇題材、人物、情節與衝突、戲劇語言等各個方面，在繼承中國古典戲曲傳統的基礎上，進行了大膽探索和革新發展。以探索與新變為主要特徵的梁啟超的戲曲，反映了那個時代的血雨腥風，充滿

---

32 梁啟超：《清代學術概論》，林毅校點：《梁啟超史學論著三種》（香港：三聯書店有限公司，1980年），頁252。

33 梁啟超：《清代學術概論》，林毅校點：《梁啟超史學論著三種》（香港：三聯書店有限公司，1980年），頁253。

了尚武精神、民族氣概，風格沉雄悲壯、鬱勃剛健，是中國美學傳統中的陽剛之美在近代民族矛盾激化、文化危機加劇時的新發展。但是，從另一角度說，梁啟超的戲曲也像他的某些散文一樣，有時顯得豪邁有餘而沉鬱不足，雄放盡致而蘊藉欠缺。這種情形也遠非梁啟超一人如此，大約也是時代文學的一種通症，也反映了那一代文學家的文化心態。

從戲曲發展史的角度看，梁啟超的這些努力，一方面在很大程度上影響和規定了中國近代戲曲發展的總體風貌和歷史走向，使他成為中國近代最有影響的戲曲家之一；另一方面，他的探索和嘗試，也留下了值得認真總結、深入反思的理論成果和創作經驗，其中亦不無教訓。中國古代戲曲的道德化傾向，自近代以來向政治化的方向轉變，這一風氣亦可以認為是由梁啟超開之。這種轉變不是對中國傳統的「載道」文學觀念的背叛，而是從另一個角度發展了傳統觀念，而且把它張揚到了一個前無古人的高度，從另一個方面走近「載道」的文學觀念，在新的文化背景下復歸著傳統。梁啟超的戲曲創作實績與他在文學理論、散文、詩詞、小說等方面的傑出成就一道，構成了梁啟超這座20世紀中國文學的一大高峰；這座高峰承前啟後，對當時及其後的中國文學產生了特別深遠的影響。

地域文化研究叢書·嶺南文化叢刊 A0203004

黃遵憲與嶺南近代文學叢論 中冊

作　　者 左鵬軍
責任編輯 蔡雅如

發 行 人 陳滿銘
總 經 理 梁錦興
總 編 輯 陳滿銘
副總編輯 張晏瑞
編 輯 所 萬卷樓圖書股份有限公司
排　　版 林曉敏
印　　刷 百通科技股份有限公司
封面設計 菩薩蠻數位文化有限公司

出　　版 昌明文化有限公司
桃園市龜山區中原街 32 號
電話 (02)23216565
發　　行 萬卷樓圖書股份有限公司
臺北市羅斯福路二段 41 號 6 樓之 3
電話 (02)23216565
傳真 (02)23218698
電郵 SERVICE@WANJUAN.COM.TW
大陸經銷
廈門外圖臺灣書店有限公司
電郵 JKB188@188.COM

ISBN 978-986-94919-2-1
2017 年 7 月初版
定價：新臺幣 300 元

如何購買本書：
1. 劃撥購書，請透過以下郵政劃撥帳號：
帳號：15624015
戶名：萬卷樓圖書股份有限公司
2. 轉帳購書，請透過以下帳戶
合作金庫銀行 古亭分行
戶名：萬卷樓圖書股份有限公司
帳號：0877717092596
3. 網路購書，請透過萬卷樓網站
網址 WWW.WANJUAN.COM.TW
大量購書，請直接聯繫我們，將有專人為您服務。客服：(02)23216565 分機 10

國家圖書館出版品預行編目資料

黃遵憲與嶺南近代文學叢論 / 左鵬軍著. -- 初版. -- 桃園市 : 昌明文化出版 ; 臺北市 : 萬卷樓發行, 2017.07　冊 ;　公分. -- (地域文化研究叢書. 嶺南文化叢刊)
ISBN 978-986-94919-2-1 (中冊 : 平裝). --
1.(清)黃遵憲 2.學術思想 3.近代文學 4.文學評論
820.907　　106011165

本著作物經廈門墨客知識產權代理有限公司代理，由廣州中山大學出版社有限公司授權萬卷樓圖書股份有限公司出版、發行中文繁體字版版權。